【八咫烏系列】卷五

玉依姫

玉依姫

Chisato Abe

阿部智里

目次

・登場人物・

葛野志帆　住在東京的高中生，和外婆相依為命，父母因車禍雙亡。舅舅修一突然出現在她的生活中，她隨著舅舅一同前往母親的故鄉，山內村。

山神　荒山的主人，要求山內村的村民必須提供活人供品。

巨猿　為山神效命的使者，會吃人。

奈月彥　為山神效命的使者，也是八咫烏族長。

谷村潤　暑假期間住在山上別墅的男人。

久乃　志帆的外婆。三十七年前，拋下丈夫和兒子修一，帶著女兒裕美子逃離山內村。

眞赭　奈月彥的表妹，負責照顧志帆的生活起居。

玉依姬之名，乃以自身讓神憑依之意。
主持供神祭典之女性屢屢以此名相稱，也絲毫未有不可思議。

摘自柳田國男《妹之力》「玉依姬考」

序章

我和爸爸大吵了一架。

衝突的原因，我已經忘了，只清楚記得他連續說了好幾次「妳真傻！」以及喊出這句話時焦急的表情。

爸爸心急如焚，滿臉悲傷。

當時的我，不明白爸爸為何露出那樣的表情？

我因為無法順利表達自己內心的想法，突然覺得很想哭，而且感到急不可耐。

終於，我忍無可忍，轉身逃回自己的房間，一股腦兒倒在床上。

不一會兒，媽媽走進我的房間。

「妳和爸爸都沒有錯。」

媽媽每次都這樣。

只要我和爸爸發生口角，她絕對不會偏袒任何一方。當事情告一段落後，她就會拿著熱牛奶來到我房間，諄諄開導或者安慰我。

我用毛毯把自己裹成蓑蛾，媽媽坐在床邊，輕柔地緩緩撫摸著我的背。

「雖然妳和爸爸都沒有錯，但媽媽很瞭解爸爸說那些話的心情。他不希望妳因為別人而受到傷害，或是吃虧。爸爸是擔心妳啊！」

媽媽的語氣帶著寵溺的溫柔。

「不過，我也理解妳想表達的意思。說到底，只有妳自己最明白，什麼才是最好的。所以，媽媽希望能跟妳做個約定。」

她輕柔平靜的嗓音中，帶著一絲懇求。

「爸媽最大的心願，就是妳過得健康幸福，希望妳千萬不要做出背叛我們心意的事。」

當時，我是怎麼回答媽媽的？

我的記憶早已模糊不清，如今即使想向媽媽確認，也做不到了。

第一章　躲雨

一九九五年五月。

搞砸了！

志帆終於意識到自己目前的處境，手上的行李袋啪嗒一聲掉在地上。

這裡是一個老舊的公車站，五月的雨淅淅瀝瀝下個不停，雨水滴滴答答從破洞的鐵皮屋頂滑落下來。貼在牆上的整骨院海報早已褪了色，但從微妙角度傾斜的站牌上，的確可以看到「大沼淵」三個字。

雖然站牌生鏽，有點看不太清楚，但至少她確定這裡並非自己打算前往的「大沼口」。

志帆慌忙地確認時刻表，看來剛才搭乘的公車已是末班車。即使想和說好要來接自己的舅舅聯絡，此刻眼前一片濃霧，數公尺外根本什麼都看不到，不要說電話亭了，她甚至不知道附近是否有住家。

「怎麼辦……？」

志帆也想過用走路的方式，前往原本要去的公車站，只是她驚恐地發現，原本放在背包裡的折傘，不知丟去了哪裡。現在根本動彈不得，只能坐困愁城。

剛才下了電車、準備搭公車之前，她曾以公用電話聯絡舅舅。看到她沒出現在應該搭乘的那班公車上，舅舅也許會察覺發生什麼事，趕到這裡來。

志帆思忖了半晌，決定先在這裡等待。她在長椅上坐下，木長椅發出悶悶的擠壓聲。山區特有的深沉寂靜，籠罩了整個公車站。

這次返鄉，是志帆有生以來第一次獨自出門旅行，而且幾乎形同離家出走。她從東京都搭電車再轉公車，耗費大約四個小時的車程，才抵達這裡。沿途都相當順利，沒想到在最後關頭竟出了差錯。

公車站內只有雨滴打在空罐底部的答答聲。雖然離太陽下山的時間還早，但四周就像混濁的水底般昏暗，只有腳下的綠色雜草看起來格外鮮豔。

儘管進入了五月，雨中的山區依然寒冷。志帆正打算從行李袋中拿出連帽T，猛然發現雨中傳來莫名的聲響。本以為是汽車的引擎，仔細一聽，像是啪沙啪沙的踩水聲。

有人在這附近嗎？

驀地，一直留意雨中動靜的志帆，詫異地睜圓了眼，直勾勾地盯著前面。

「喂，你在那裡幹什麼？」

她的質問聲比自己想像中更大，還來不及謹慎思考，身體就下意識地衝了出去，硬是將雨中的人拉進公車站的屋簷下。

那是一名乾瘦的少年，任憑雨水打在身上，看起來還不滿十歲。

「啊！全都濕透了。你為什麼不撐傘啊！你家在哪裡？住這附近嗎？」

她抓著少年的手臂，感覺到一陣冰冷，難以想像他是個健康的人。

志帆連忙脫下自己的連帽T披在他身上，再從行李袋取出毛巾，放在他溼漉漉的頭上。

這時，她才驚覺事情有些怪異。

即使在昏暗天光中，也能看見少年從毛巾下方露出的銀色髮絲。他身材矮小，全身上下都髒兮兮的，衣服有些破爛，既不像是工作服，也不像是T恤。衣服下伸出的手腳，像木條般纖細。

少年的臉蒼白沒有血色，一雙眼珠子骨碌碌轉動，與瘦弱的身形相比，看起來更大顆。眼眸熠熠生輝，簡直就像仙女棒藏在他的眼瞳裡，再加上一頭不尋常的髮色，感覺不像是普通的孩子。

或許是志帆的表情透露出內心的想法，默默凝視她的男孩，倏忽皺起了眉頭。

「……妳趕快離開這裡。」

「啊？」

「山上的祭典已經開始了，妳不可以靠近村莊。」

「祭典……你是說山內村的祭典嗎？」

「對，妳趕快離開。」

志帆聞言，感到十分錯愕。

難道少年以為自己是外人，因而心生警戒嗎？

「雖然不知道你要我離開的理由，但我大老遠來到這裡，就是為了參觀這場祭典。」志帆盡可能用平靜的語氣陳述，希望能讓少年感到安心。「我是受到村民的邀請，所以你不必太擔憂。」

更何況，自己沒有任何交通工具，根本無法獨自返回東京。

少年聽了她的回答，再度閉上嘴。

志帆覺得比起這件事，她更在意少年全身都濕透了。

「難道，你並不是住在這附近的人？」

志帆甚至不清楚是否會有人來接自己，但她就是忍不住為眼前這名少年操心。

以目前的情況下，無論是要聯絡他的家長或是報警，最好的方法就是拜託舅舅幫忙，用村裡的電話聯絡。

「你要不要和我一起去山內村？」志帆微蹲了下來，恰好與少年的視線平行。

「……妳人也太好了，簡直像個傻瓜。」少年眨了眨圓眸，無奈道。

這樣的回應，讓志帆不禁放聲大笑。

「確實經常有人如此評論我，還會嫌我太愛管閒事。」志帆有些俏皮地說完，對著少年笑問道：「但你會跟我一起來，對嗎？」

他垂下嘴角，沉思了好半晌，最後無可奈何地歎了口長氣。

「我這是為妳好啊！」

但已經來不及了。

語畢，少年的目光瞥向志帆身後，志帆也隨著他的視線望去，這回真的是汽車的聲響。只見一輛黑色轎車從霧中出現，車頭標誌閃著銀光，一看就知道是價格不菲的進口車。汽車快速駛來，濺起許多水花，停在志帆他們所在的公車站前。

「志帆！我好擔心妳啊！」

看著邊說話邊急著衝出駕駛座的男人，志帆終於鬆了一口氣。

「舅舅，對不起，我下錯站了。」

「我也猜是這樣，聽說妳在公車上睡著？」

兩人對話的同時，舅舅遞給她一把熟悉的油菜花圖案折傘。

「司機也很擔心，說妳猛然跳起來衝下車，他很後悔沒有向妳確認下車地點。這個給妳，不要再丟三落四了喔！」

「謝謝舅舅。」志帆誠惶誠恐地道謝。

「不客氣，那我們走吧！」

舅舅正打算轉身回到車上，志帆急忙叫住他。

「請等一下！呃，我知道自己這麼說有些得寸進尺，但這個弟弟……」

志帆的話才說到一半，就被眼前的景象嚇得瞠目結舌，愣怔在原地。

舅舅轉過頭，目光投向志帆身上，露出困惑的表情。

「……怎麼了？」

剛才還在志帆身旁的少年消失了。

志帆避開會被雨淋溼的地方，順利坐上車，車內十分整潔，只是菸灰缸裡堆滿了菸蒂。

「妳搭電車又轉乘公車，旅途肯定很勞累吧！」舅舅說著，單手捺熄了香菸。「我原本想說直接去車站接妳。」

她沉默地坐在副駕駛座，至今仍搞不清楚狀況，於是露出不置可否的尷尬笑容。

「對不起，給舅舅添麻煩了。」

「妳搞錯也很正常。這一帶的道路是沿著龍沼，許多公車站的站名都很類似，有時真的會搞混，挺不方便的。」舅舅皺著眉頭說道：「剛才那裡看不到……應該，馬上就能瞧見……啊！妳看，這就是龍沼。」

透過沾滿雨水的車窗順著舅舅指的方向望去，微微波光在護欄後方的樹木之間不停閃爍，白色的薄霧緩緩飄走，露出一片寧靜的水面。

龍沼的名字有個「沼」字，但其實是一座很大的湖。群山環繞，中央浮著一座小島，島上似乎有間神社，能看見鳥居，還有紅色的橋連接岸邊。

橋的周圍有許多看起來像是住家的房舍，那裡就是此行的目的地，山內村。

山內村右側後方的對面，是一座有著漂亮碗公形狀的小山，海拔並不高，半山腰佇立了一座紅色鳥居，湖岸也有通往鳥居的階梯。

「原來山上也有神社。」志帆驚奇地說道。

「好像是。」舅舅聲調平板地淡然道：「神社是禁地，我也不太清楚那邊有什麼。」

「禁地……？」

「就是禁止的禁，地方的地，稱為禁地，平時不得隨意進入。而那座山叫做荒山，傳說有神明住在那邊。」

自古以來，這一帶經常下雷雨，土石流和雷擊讓村莊遭受極大的危害。

某次，霪雨霏霏，農田全淹了水，再這樣下去，整個村莊都會完蛋。

到底是什麼原因？村民都為此傷透腦筋。

這時，來自村外的修行者告訴村民：「或許是因為你們沒有妥善地祭祀神明吧！」

據說，山內村前的湖泊裡住著一條龍，龍的真實身分，就是荒山的山神。以前村民捕到魚獲時，都會記得答謝龍；而如今村民竟然忘記這件最重要的事，因而觸怒了山神。

村裡有個女孩得知災害的原因後，對其他人說：「那麼，我把自己奉獻給山神，請求祂拯救村莊。」

女孩說完，毫不猶豫地跳進湖水，水中立刻閃現耀眼光芒。

下一瞬間，龍載著女孩出現在村民面前，說道：「這女孩的心意了不得、了不得啊！只要你們往後慎重地祭祀我，我會一直守護這村莊。」

語畢，只見龍戴著坐在背上的女孩衝上天空，朝著荒山的方向飛去。

「從此之後，每逢稻作季節，山神就會從山上來到湖中的神殿，保護這個村莊。」

「是喔……！」

「據說，當年的女孩也成為神明，與山神一同守護山內村。村莊內舉行的祭典，除了迎接住在山上的神明以外，也是希望讓世世代代牢記，對那女孩的感謝之情。」

「迎接山神嗎？」

「對，大家會準備許多美味佳餚，和神明一起享受飯菜、飲用美酒。今天可是每年僅只一次，人類能與神明交流的特別日子。」

話聲剛落，車子已繞到山的後側，看不見龍沼了。車子繞著面向龍沼的山一大圈後，駛入山谷的另一條道路。剛才搭公車一路往山上行駛，在志帆和舅舅聊天的同時，更是來到沒有鋪柏油的山間小路。

原本稍微變小的雨勢，此時又再度轉大起來，天空相當昏暗，車身搖晃不已。正當志帆漸漸為了還沒到達目的地感到惴惴不安時，前方的視野突然開闊起來。

「終於到了。來，大家都伸長脖子在等妳呢！」

進入村莊的道路位在高處，可以俯視村莊的全景。

山內村是除了面向龍沼的那一側以外，其餘三面環山的村莊。這裡的道路修整得相當好，難以想像前一刻的路況竟然那麼差。農田中有不少漂亮房舍，幾乎都是白色牆壁的日式房子，其中還有會讓人誤以為來到閑靜住宅區的歐式新房。這裡的每一棟都是豪宅，出現在這種深山幽谷中，著實令人難以置信。

然而，志帆最驚訝的並不是這件事。

當車子沿著坡道向下行駛時，村民竟然都迫不及待地從房屋裡跑出來。舅舅漸漸放慢車速，順勢打開車窗，村民們個個笑臉相迎，殷勤地過來打招呼。

「怎麼這麼晚才到？還以為妳不來了呢！」

「我們都等不及了！」

「之前聽修一說了之後，我們就一直期盼妳的到來。」

無論是年邁的老婦人，還是年輕的男子，紛紛上前和她打招呼。老人說話有獨特的口音，有時志帆聽不懂他們的談話內容，但知道他們都非常歡迎自己。

「呃，謝謝大家！」

照理說，應該要感到高興，不過村民歡天喜地的模樣，遠遠超過志帆的想像。

來到舅舅家後，發現這裡也是漂亮的兩層樓日式房屋，有幾位身穿長袖圍裙的女人，滿臉笑容地等著迎接她。

「歡迎妳來到這裡。不必客氣喔！多吃點東西！」

舅媽親切地招待志帆，她臉化了淡妝，穿著氣質高雅的粉紅色襯衫及裙子。

志帆還來不及好好向眾人打招呼，就被帶到客廳，那裡擺滿了美食。除了有色彩鮮豔的花壽司，旁邊的大盤子裡，盛滿海帶芽和魚肉的拌飯。堆得像小山般高的天婦羅，使用了志帆從來沒有聽過的野菜，美味的滷筍子也幾乎要從盤子裡溢出來，還有浮著一層黃油的山雞火鍋，以及櫻鮭生魚片。

志帆被眼前的大陣仗嚇得不知所措，一道又一道菜餚不斷地送進來。

「不好意思，這麼晚才送來。」

「我帶了壽司過來，一路用走的真是重死了。」

「這點小事，沒什麼好抱怨的吧！」

這些拿著大壽司木桶進來的人，自我介紹說自己是志帆的遠親，都住在附近。

「因為這裡是小村莊，說起來大家都是親戚。」

「突然告訴妳這麼多名字，根本記不住吧？」

「志帆還真可愛，一定可以成為出色的活供。」

「真是可喜可賀！」

志帆中途藉故去上廁所，獨自離開宴會，站在冷颼颼的走廊上，深歎一口氣。雖然受到熱烈歡迎，但她第一次和這麼多陌生大人在一起，感覺有點疲累。

過了好一會兒，她重新振作精神，正打算返回客廳時，瞧見像是佛堂的紙拉門內，有一道矮小的人影正朝她張望，看起來是一位小學低年級的女生。

志帆立刻想起，她就是舅舅曾經提過的表妹。

「妳是彩香，對嗎？怎麼不到這裡來？我們一起吃壽司好嗎？」

彩香正打算開口，突然傳來一道充滿怒氣的聲音。

「喂！剛才不是叫妳不要走出去嗎？」

彩香聞言手忙腳亂地把腦袋縮了回去。

志帆訝異地回頭一看，一位看似中學生的男生咚咚咚地從樓梯上衝了下來。

「你應該是修吾吧！」

修吾是彩香的哥哥，所以也是志帆的表弟。

「我是志帆。我想你應該有聽舅舅提過，我這幾天……」

然而，修吾只是冷冷地瞥了志帆一眼後，就走進彩香所在的佛堂，接著粗暴地關上門。

修吾冷淡的態度，讓志帆感到不明所以。

「怎麼了？」舅媽聞聲走了過來。

「我剛才看到修吾和彩香，想和他們打招呼……」

「喔！他們的態度是不是很冷漠？對不起，那兩個孩子正處於叛逆期。」

舅媽說話時的笑容，看起來像是戴了假面具。

從第一次見面到現在，志帆都覺得她笑得很虛偽。

「走吧！趕快回去宴會。儘管時間還早，有人特地為妳捕了香魚，我抹鹽烤了一下，很美味喔！」

舅媽抓住志帆的肩膀，手勁很大，指甲幾乎要掐進志帆的皮膚裡。

「請問，大家為什麼要對我這麼好？」

「妳原本就是這個村莊的人，不必有任何顧慮。相隔四十年，妳終於回來了，所以大家都很興奮。」

舅媽的話似乎觸及到自己來這裡的原因，志帆緊張地悄悄吞了口水。

「舅媽，關於這件事……」

「好了好了，這些費神的事晚一點再聊也沒關係，妳不必這麼著急。」舅媽說著，推著志帆走回熱鬧的客廳。「反正有足夠的時間。」

志帆無法再說什麼，她接過別人倒的柳橙汁，回想起第一次見到舅舅的那天。

那是一個寒冷的冬日，連吐出的氣都變成了白色。

「妳就是葛野志帆吧？」

就讀高中的志帆放學回家，正把腳踏車停在公寓的停車場時，忽然聽見有人探問，她疑惑地轉過頭。在熟悉的夕陽風景中，站著一個背光的黑色人影，看起來非比尋常。

那是一名年近五十歲的中年男子，他穿著一身暗褐色的西裝，沒有繫領帶，臉上笑容滿面。雖然體格虎背熊腰，但面如槁木，眼睛下方還有深重的黑眼圈。

志帆忍不住緊張起來，她完全不認識眼前這個人。

「請問你是哪一位？」

「啊啊！突然對妳搭話，妳一定很不知所措。」男人說著，拿出了名片。「別擔心，我不是壞人，我是妳的舅舅。」

「啊？」

「我是妳媽媽的哥哥，也就是妳的舅舅。」

由於太過於震驚，她一時語塞，說不出話來。

雙親發生車禍離開人世時，媽媽這邊完全沒有任何親戚來參加葬禮。這是她首次聽說自己除了外婆以外，還有其他親人。

自稱是舅舅的男人盯著不發一語的志帆，倏然露出悲傷的表情。

「聽說，我妹妹很久之前就離開人世。妳們應該吃了很多苦吧！對不起，之前無法為妳們做任何事。」

「不……」

「妳外婆不該逞強的，應該要和我聯絡才是。」

志帆看著眼前的男人眉心微蹙，一時之間不知該如何回應。

父母在她讀小學時去世，之後她就和外婆兩人相依為命。起初她經常思念父母，還會暗自傷心落淚，但現在過著平淡而幸福的生活。

「請問，你真的是我媽媽的哥哥嗎？」

果真如此的話，為什麼之前都沒有來往？

志帆還來不及脫口說出這個問題，耳邊傳來一道熟悉的尖叫聲。

「志帆！」

「外婆……」

只見外婆將手上的購物袋丟在地上，露出前所未見的驚恐表情衝了過來。

「媽，好久不見啊！」舅舅看著擋在自己和志帆之間的外婆，語帶嘲諷地說：「妳果然老了不少。」

「你是修一吧？來找志帆有什麼事？」外婆充滿警戒地厲聲質問。

「妳劈頭就說這種話嗎？」舅舅皺著臉，反諷的語氣中帶著一絲怒氣。「相隔這麼多年，看到自己當年拋棄的兒子，竟然還是這麼冷淡。」

志帆窒了窒，無法對這句話置若罔聞。

「……拋棄？外婆，妳拋棄了舅舅嗎？」

「沒錯，就是這樣。」舅舅對著尖聲發問的志帆，滿臉痛苦地說：「我想妳應該不知道這些事吧！妳外婆丟棄自己的老公，還有當時年幼的我，帶著妳媽媽一起離家出走。這已經是三十七年前的事了。」

「修一！」外婆斥責一聲，企圖打斷舅舅的話。

「怎麼？我說的不都是實話嗎？」舅舅看著外婆冷哼道。

「你還有臉說，別忘了你和那個人一起欺負裕美子。」

舅舅聽了這句話，頓時惱羞得滿臉通紅。

「無論是我還是爸，從來都沒有欺負過裕美子。我終於知道了，是妳利用裕美子，試圖想把自己逃走這件事合理化，明明妳只是無法忍受鄉下的生活罷了。」

「別說笑了！」

「是誰在說笑！夫妻吵架之後，丟下還懵懵懂懂的十歲兒子離家出走的妳，才是全天下最惡劣的玩笑！」

外婆頓時臉色發白，身子微微發抖。

「爸在妳離開後沒有續弦，去年一個人寂寞地死去。」舅舅一臉懊惱，咬牙切齒地說：「這三十七年間，我也娶妻生子了。不過，我的妻子和妳不一樣，是個很照顧兒女、充滿母愛的媽媽。我家的氣氛和小時候完全不一樣。」

即使舅舅這麼說，外婆也不發一語。

眼前的外婆，和平時截然不同。志帆眼中的外婆雖嚴格，卻很有責任感，而且至今為止，都盡心盡力地照顧志帆。她難以相信這樣的外婆，會毫無理由拋棄自己的兒子。

「外婆，這是真的嗎？」

若其中有什麼苦衷，外婆可以解釋清楚，反駁舅舅的指責，但她卻只是沉默不語。

「也許妳不願意相信，不過我說的都是事實。」舅舅看著一臉愕然的志帆，改變語氣輕聲道：「……但是我妹妹和妳是無辜的，希望有機會妳能去為外公上一支香。」

外婆聽到這句話，旋即激動地張開雙手，擋住志帆的視線。

「我不會讓志帆去那裡，志帆已經和那個村莊完全沒有任何關係。」

「我並不是在和妳說話。」舅舅冷冷地說。

「志帆，妳先回去。」外婆死命地咬著嘴唇。

「但是……」

「廢話少說！趕快回家！」外婆命令道，硬是把志帆趕回家。

過了半晌，外婆才回到家，一進家門就對著志帆諄諄告戒。

「那人說的話全是胡言亂語，外婆當年的確丟下他離開村莊，但這是有原因的。」

外婆情緒激動地解釋著，自己當年嫁去的那個村莊，男尊女卑的情況很嚴重，為了保護志帆的媽媽裕美子，只能出此下策。

「他以後再來找妳，妳也絕對不要理他。」

「至少可以聽聽他想說什麼吧？」

「妳這孩子腦筋真是不靈光。」外婆不悅地斥責道：「他才不是那種靠溝通解決問題的人，不必理會他！如果他再來找妳，一定要告訴外婆，知道嗎？」

外婆氣勢洶洶，志帆嚇得只能心神不寧地點頭。

「千萬，千萬不能以為……」外婆好似自言自語般地囁嚅道：「那個村莊的人，都和我們是同樣的人……」

志帆凝視著外婆的臉，有一種薄冰滑過背脊的感覺。

外婆，妳為什麼露出這樣的表情？

外婆臉上充滿陰鬱和憎惡，感覺好像不是自己熟悉的外婆。

志帆驀然驚醒過來。

看向有螢光塗料的時鐘，得知現在是十一點四十八分。原來自己躺下休息了差不多兩小時，外面傳來淅淅瀝瀝的雨聲。

結果今天沒有完成任何事。

志帆思忖著，輕歎了口氣，無力地躺回散發陌生氣味的被子中。她想起外婆那時沉鬱的表情，心中依然感到忐忑不安。

外婆命令志帆「**不要和舅舅扯上任何關係！**」她真的能夠接受？答案當然是否定的。

當年外婆離開村莊時，舅舅只有十歲這件事讓她百般不解。諷刺的是，自己也在差不多的年紀失去雙親，因此她很瞭解失去媽媽的寂寞。更讓她百思不解的是，外婆見到闊別多年的兒子時，態度未免也太惡劣了。

最重要的是，她想知道外婆拋棄舅舅的原因。正因如此，當她隔天發現舅舅等在校門口時，才願意聆聽他的說法。

在舅舅再三拜託之下，志帆跟著他走進家庭餐廳。只不過，他隻字不提對外婆的抱怨，只是眉飛色舞地告訴志帆，自己一家生活的山內村是多麼出色的地方、志帆的表弟妹在那裡過著怎樣美好的生活。他遲遲不提「**外婆為什麼離開村莊**」這個關鍵問題，當志帆追問時，也只是顧左右而言他。

「對舅舅來說，當年的事並不是什麼愉快的回憶……如果妳真想知道，要不要去幫外公掃墓？妳願意來的話，我到時會對妳全盤托出。家裡有相簿，我相信妳只要看了，就會明白到底誰說的是實話。畢竟，妳現在對我說的事情，也是半信半疑吧？」

如果在遭到誤會的情況下解釋來龍去脈，外公未免也太可憐了。

聽著舅舅的陳述，志帆當然也無法再堅持，而且聽說五月連假時，村裡剛好要舉行祭典，就和舅舅約定要去村莊玩。她知道外婆一定會反對，於是趁著外婆不在家時，悄悄地留下紙條，獨自出遠門。

自己不僅讓外婆擔心，還想挖掘外婆不想談論的往事，這讓志帆於心不安。更沒想到今天一整天，完全沒有任何收穫。而且村民的態度，就像不小心吃進嘴裡的頭髮，看似不是什麼大事，卻讓她感到很不對勁。

從客觀的角度來看，沒有任何明確的原因讓她覺得怪異。每個人都笑容可掬，還十分和藹可親，似乎都為志帆第一次「返鄉」感到興高采烈。

不過在宴會上，志帆一直覺得村民虛偽的笑容太過令人膽戰心驚，滿桌佳餚幾乎沒有動口，她便推說自己長途跋涉太疲憊，中途便離席了。

「外婆為什麼這麼討厭這個村莊……」

志帆相當在意外婆的態度，但既然自己無視叮嚀，獨自來到這裡，恐怕再也無法從她口中問出答案。

志帆不經意地摸了摸額頭，發現瀏海全被汗水浸濕，同時也感覺口乾舌燥。一旦口渴，就無法再睡回籠覺了。志帆在睡衣外套上了連帽T，悄悄走出客房，想去廚房喝水。

她睡在二樓最深處的房間，就在表弟修吾的隔壁。她小心翼翼地不去驚動應該已經入睡的舅舅全家，躡手躡腳走下樓梯，沒想到廚房還亮著燈。

志帆正準備開口打招呼，就聽到對話的聲音。

「你怪我嗎？」舅媽情緒激動，說話的嗓音很尖銳。

「妳瘋了嗎？不要那麼大聲。」

用心煩意亂的語氣回話的不是別人，正是舅舅。

志帆一聽，就知道事情不單純，連忙用雙手緊緊摀住嘴巴。

「萬一把她吵醒怎麼辦？她剛才幾乎沒吃加了藥的食物。」

「所以你現在是在怪我嗎？她也沒有吃其他食物，搞不好胃口本來就很小。」

他們到底在說什麼？

看著他們針鋒相對、互不相讓的樣子，難以想像就是剛才熱情迎接自己的舅舅和舅媽。

「真是的，準備活供也這麼辛苦……」

「我們很快就能完成任務，不要再抱怨了，只要把她帶去『那裡』就好，不是嗎？」

「萬一她抵抗就麻煩了，要不要趁大家來之前，用繩子把她綁起來？」

「趁她睡覺嗎？這樣會不會把她吵醒？如果她拚命掙扎，不是會受傷？」

「別管那麼多了。」

只要把她變成活供，就由不得她。

志帆情不自禁往後退了一步，地板乍然發出「咯嘰——」的刺耳聲響。

「誰？」

志帆覺得自己應該一輩子都不會忘記，舅媽從廚房衝出來的恐怖模樣。

在廚房燈光的逆光照射下，舅媽頭髮凌亂，頭部看起來特別巨大，她的臉融入亮光的陰影中，一雙瞠大的雙眼炯炯發亮。

「原來是妳！」

一看到志帆，她立刻張大擦了鮮紅口紅的嘴巴，露出兩排潔白的牙齒。

志帆聽著舅媽的嘶啞聲，驚得瞠圓了眼，放聲尖叫起來，正想轉身逃跑時，一隻孔武有力的手抓住了她連帽T的帽子。衣服傳來被撕破的聲音，她整個人就快要被蠻力扯向後方，於是手忙腳亂地脫掉了帽T。

「等一下！」

「別走！」

「千萬別讓她逃走了！」

志帆在舅舅和舅媽的嚷叫聲中，不顧一切地快步衝向玄關。

必須趕快逃離這裡！快逃、快逃、快逃！

她驚惶失措地打開門鎖，正準備死命衝出門外，卻被眼前的景象嚇得當場愣在原地，表情呆若木雞。

只見許多身穿白衣、手舉著火把的男人，站在門外等著她。幾個小時前，那些人還對她笑臉相迎，如今非但沒有笑容，臉上還抹去任何表情，只是漠然地低頭望著她。

「啊……」

那些感受不到體溫的冰冷眼神，志帆的腦海中霎時閃過外婆的話——**千萬不能以為，**

那個村莊的人和我們是同樣的人……

啊！外婆真的說對了。這是她最後的念頭，下一秒，後腦勺遭到重擊，便失去了意識。

「所以我不是叫妳趕快逃走嗎？」一個聲音百般無奈地說道。

即使睜開眼睛，眼前也只看得到一片漆黑。

志帆一時不知道發生什麼事，她想坐起身，卻撞到了頭，這才意識到自己被關在某個空間裡。儘管勉強能維持抱膝而坐的姿勢，卻完全無法站立。

她記得自己原本身穿從家裡帶來的薄質睡衣，但現下胸口被勒得很緊，好像穿著相當厚實的衣服。她試圖伸手摸索，立刻碰到某個東西，讓她嚇得臉色發白。

「這，這是什麼？」

「妳現在被關在箱子裡。」

「什麼？為什麼把我關在這裡？……趕快放我出去！」

志帆還來不及思考與自己對話的淡漠嗓音是誰，便不加思索地叫嚷起來。

「很遺憾，已經來不及了。如果妳被關進箱子之前，或許還可以想點辦法，可惜妳從剛才就一直昏迷不醒。」

志帆的眼睛漸漸適應黑暗後，發現自己身處在狹小空間內，透著點點微弱的光亮，原來是木箱被蟲子咬破了幾個洞。她把眼睛貼在小洞上，勉強可以窺視外面的情況。

昏暗中她瞧見一個燭臺，閃爍的燭光下，坐著一位盤腿的少年——沒錯，就是公車站遇到的那名少年。

在狹小視野能確認的範圍內，志帆觀察到少年周圍擺滿各式各樣的東西。四方形盒子裡裝著一個碩大的年糕，上面點綴了少許紅豆。素燒陶器中裝著鮮嫩的大鯉魚，還有肥嫩嫩的山雞。放在地上的兩根蘿蔔綁著注連繩*，還有好幾個不知裝了什麼東西的紙包，放在有腳架的供桌上。而少年身後的門上，畫著看起來像狗的圖案。

「這裡是哪裡？到底發生什麼事？」

「這裡是龍沼神社。」

「神社？我為什麼會在這裡……？」

「妳是作為活供被帶來這裡。」

志帆之前就聽過這兩個字，來到這個村莊之後，村民就講過好幾次。不過，她之前一直以為是這個地方的方言，並沒有太放在心上。

「等一下，這是怎麼回事？活供是什麼？」

「活供就是祭祀神靈的活人供品，妳沒聽過活人獻祭嗎？」

「你的意思是……」

「妳是獻給山神的人牲。」

少年此話一落，神社門倏地被打開了。

「時間到了。」

當志帆意識到走進來的人正是舅舅時，那名少年已不見蹤影。

她難以置信地睜大眼眸，驚慌地注視著一身神官打扮的舅舅。

「舅舅，你為什麼要做這種事？」志帆尖聲質問，掙扎著想要從箱子裡逃出去。「你是瘋了嗎？」

「閉嘴！」舅舅大喝一聲，隨即粗暴地拍打箱子，惡狠狠地說：「原本應該由妳媽媽完成這件事，就是因為裕美子逃走了，這個村莊才會落得這麼淒慘的下場。現在由妳這個女兒來善後，不是理所當然的事嗎？」略頓片刻後，他咬牙切齒地繼續說道：「把妳獻給山神之後，就別再回到這裡！」

這時，幾個男人走了進來，他們身穿比舅舅更加樸素的白色衣服，並用布遮住臉，其中兩個人走向前，抬起裝著志帆的箱子。看來，他們要將她抬到外面。沒過多久，兩個男人就把箱子放下。

＊注：連繩，又稱標繩，用稻草編織成的繩子，為神道信仰中用於潔淨的咒具，也是日本家戶新年的祈福飾品。

志帆再次向外窺視，發現自己所在的箱子旁，設置了一個白色祭壇。幾名同樣身穿白衣、用布遮著臉的女人走到祭壇前，將供品放在上面。祭壇和裝了志帆的箱子周圍，豎著纖細的青竹，上面綁著注連繩，繩上也繫著紙垂。

她又從相反方向的小洞謹慎地往外看，發現那裡站了許多相同打扮的村民，所有人都背對著她，嘴裡念念有詞。

舅舅拿著笏板，站在志帆的箱子前深深叩拜，然後坐在鋪好的涼蓆上，喝了一口事先準備的酒，接著像是歌唱般吟詠祈禱文。

——恭迎、恭迎，恭迎神靈大駕。移駕移駕，恭請神靈移駕神體。

眼前的異樣景象，讓志帆兩眼發直，說不出話來。

火花的星火飛舞，空氣裡充斥著陌生木材燃燒的爆烈聲，和松香燃燒的氣味。搖曳的火光中，村民隨著舅舅的聲音緩緩搖晃身體。剛才將志帆抬到這裡的村民，正站在舅舅身旁，他們身上的衣服被染成了橘色，由於臉上蓋著布，感覺完全不像人類。

舅舅以「遵命、遵命」作為結語，遠處立刻傳來聲響，好像一直在等待祈禱詞結束。

嗄啷、嗄啷！難道是鈴鐺聲？

村民一聽到聲音，倏忽同時站了起來。

「來了！」

「趕快回村裡！」

「快跑、快跑！」

村民們小聲囁嚅著，背對湖的方向逃竄。

舅舅對著祭壇深深鞠躬後，也跟著其他村民快步離開。

「等一下，你們要去哪裡？」志帆回過神，緊張地大喊。

沒有人理會她，周圍只剩下松香燃燒的聲響，和令人毛骨悚然的清脆鈴聲。

志帆忍不住渾身顫抖，她將眼睛貼在離湖面最近的小洞上，觀察鈴聲傳來的方向，發現有什麼東西正從對岸朝這裡而來。

那是一列壯觀的隊伍。

列隊而來的模糊身影，竟然在湖面上行走，他們穿得和剛才抬木箱的村民一模一樣，只是臉沒有遮住。雖然全都穿著相同的服裝，但走在最前面的傢伙體型特別高大。

沒錯，絕對不可能是人類。

根據隨從的身高判斷，那傢伙應該有三公尺高。隨著隊伍越來越靠近，志帆察覺到那傢伙的異常體格，不禁嚇得牙齒打顫、渾身發抖。

她想逃離這裡，於是不顧一切地推打著箱頂，卻發現箱頂喀答喀答地震動起來。那似乎是木箱的蓋子，被村民用繩子從外側綁住了。

只要自己使盡全身力氣，就一定有辦法逃出去，必須在那些詭異的傢伙抵達這裡前，盡快逃走。

志帆死命掙扎，眼淚就快要奪眶而出，她嘗試改變姿勢，用手肘推打箱蓋數十下，突然她留意到鈴聲停止了。下一秒，剛才拚命敲打也紋風不動的箱蓋，竟一下子被掀開。

志帆不知所措地抬起頭，看見猛然開闊的頭頂上方，一隻長滿毛的手臂伸了過來，還有一雙像橘子般的金色眼睛。

只見一隻身穿和村民相同白衣的巨大猿猴，正趴在箱子上方，低頭看著志帆，牠身軀高大得令人不寒而慄。

「出來！」牠用老人般沙啞的破嗓子命令道。

志帆恐懼地尖叫，不斷扭動身體試圖逃走。

巨猿一把抓住志帆的頭髮，冷酷無情地將她從箱子裡拖出來。

映入志帆眼中的，是大約二十名身穿白衣的男人所組成的隊伍。除了巨猿以外，其他看起來像普通人，只是五官似猿猴。他們用難得一見的薑黃色眼睛，目不轉睛地盯著志帆。

在隊伍的中央，放置了一個只有在歷史劇中才能看到的轎子。那幫人不由分說地把志帆粗暴地推了進去。與剛才在箱子內不同，志帆能從轎子的格子窗，清楚地看到外面。

其中一個男人拿走祭壇上的供品後，回到隊伍，巨猿撿起放在地上的鈴鐺甩了起來。

嘎啷！轎子搖晃了一下，被那些男人抬起。

嘎啷！巨猿邊搖著鈴，邊在隊伍最前頭率先邁開步伐。

志帆坐的轎子緊跟在巨猿後方，手拿供品的男人則走在轎子後方，而配合隊伍步調發出的嘎啷、嘎啷鈴聲很有規律。

隊伍沿著像是碼頭的石階而下，越來越接近湖水。然而，領頭的巨猿毫無懼色地踏向湖面，腳踩之處泛起陣陣白色漣漪，穩穩托住了牠的腳。巨猿就像走在路上一樣，踏於水面前進，轎子緊隨在牠身後。隊伍順利走過湖泊便開始上山，雖然走在獸徑上，但所有人的腳步都十分穩健順暢。

這是一個漆黑的夜晚，完全沒有光源，仍可以隱約看到那些男人的服裝。

沿著獸徑前行，不知不覺就來到老舊的石階，石階前方佇立著一座鳥居。

這裡就是舅舅說的禁地。

一行人走上石階，通過鳥居後，巨猿把志帆從轎子中拽了出來。

「站起來。」

前先蜷縮在箱子裡的志帆，現下終於能用雙腳走路，她低頭一看，發現自己也穿著一身白衣。接著，她又仰頭望向鳥居對面的陡峭岩壁，岩石和地面之間有個看似裂縫的洞穴，左右兩側是已經崩塌的廟宇。

洞穴深處很幽暗，志帆本能地怯步往後一退。巨猿絲毫不以為意，筆直地走進洞穴裡，害怕的志帆也只能硬著頭皮跟上去，漸漸地她身體被濃稠的黑暗給吞噬了。

前一刻還能清楚瞧見巨猿身上的白衣，一踏進洞穴，就黑得伸手不見五指。

起初前端的一小段，路面凹凸不平，難以行走。志帆被身後的男人推著走了一會兒，地面漸漸變得平整。

風吹來！隨著一行人往洞內前進，空氣逐漸變得冷冽清澈，同時飄來之前從未嗅聞過、濃烈的水氣味。聆聽著水聲又再步行一段路後，前方出現了光亮。

那就是出口！志帆跟著巨猿一步出洞穴，便情不自禁地停下腳步。

月亮不知何時露了臉，周圍灑滿皎潔的月光，和洞穴內恍如兩個世界。被月光映照成白色的樹木枝葉茂盛，落葉堆積的地面蓬鬆柔軟。或許是白天降下的雨水，如玻璃般晶瑩剔透的水滴，從樹枝間不停滴落。明亮得有些刺眼的月光宛如白晝，為樹木灑下清晰的陰影。

志帆好奇地環顧四周，在一片雜樹後方瞄到一處光源。**還有另一個月亮？**明亮的光讓志帆產生錯覺，走近一看，才發現自己誤會了。

那是一泓反射月光的清泉，差不多像學校的游泳池那麼大，接近半圓形的月牙形狀。明月高掛在山頂附近，不知是否持續有水湧出，泉水面不停起伏蕩漾。

一塊圓形大石威風凜凜地佇立在泉水中央，月光下，大石表面彷彿被浸濕般地泛著光芒，中心卻是感覺很沉重的黑色。完全無法想像，幾乎能被稱作岩石的碩大石頭，為什麼會出現在這種地方。

清泉四周沒有樹木，映入眼簾的空間內只有巨石佇立，以及浮在水面的月亮。

這片景象充滿神秘的美，讓志帆忘了自己處境，目瞪口呆地看得出神。

「妳在幹麼？趕快淨身。」巨猿乍然開口命令道。

「淨……什麼？」志帆困惑地反問。

「只是形式而已，妳可以穿著衣服，走進御手洗泉，洗掉俗世的污穢。」

巨猿話音剛落，便朝著志帆的背用力一推，她跪倒在清泉中。

泉水冷冽無比，冷到骨子裡都滲出寒意。如同方才志帆的猜測，水底不斷湧出泉水，水泡映照著月光濺開，簡直就像泉水本身在發光。

志帆在巨猿的催促下，戰戰兢兢地撥水前進，當水面及胸時，她停下了腳步。巨猿等一行男人站在清泉前緊盯的視線，讓她打從心底湧起難以忍受的不適感。

志帆止不住地顫抖，但並非因為寒冷，她隔著衣服，做出清洗身體的動作。

「這樣就行了，上來吧！」

志帆才潑了幾下水，就聽到巨猿如此命令。

她全身溼漉漉地走出泉池，當然沒人會遞乾布給自己擦拭身體。她一身濕衣舉步難行，巨猿卻拎起她的衣襟，硬是拖著前進。

他們通過了清泉，來到一個有岩壁的洞窟，與先前的洞穴不太一樣。不可思議的是，這個洞窟比剛才的稍微明亮，地面也很平整。

這裡應該是經過整理的通道。志帆邊走邊猜想，突然巨猿停下腳步。

由於光線昏暗，看不太清楚，但他們似乎已經來到通往寬敞空間的出入口。在小燭臺的微光照明下，志帆發現那裡並不是普通的空間，而是一個房間。

這是一個利用木材將原本洞窟打造成室內的空間。地面雖然鋪上木板，卻堆積很多泥土和沙子，已看不出原本的顏色。天花板上有懸梁，掛了好幾塊又髒又破的布。

志帆怔怔地打量四周，半晌後，她察覺到房間深處好像有什麼東西。

那是什麼？看起來像是緩緩搖晃的椅子……而且上面似乎有東西在動來動去。

巨猿端正姿勢，深吸一口氣，接著挺起胸膛，從嘴邊發出的聲音十分響亮。

「山神大人、山神大人，我已將奉獻給您的活供帶來了。」

忽地，前方傳來一道分不清在說「喔」，還是「呀」的可怕嗓音。

志帆猜測是從那個看似搖晃的椅子傳來。只是若說是人的聲音，聽起來有點空洞；若說是野獸的叫聲，又顯得虛弱無力。

志帆不由得心驚膽顫地後退，巨猿毫不客氣地一把抓住她的肩膀。

「去那裡，妳的主子就在那裡。」巨猿漠然地說道。

「主子……？」志帆瞠目結舌地反問。

「沒錯，就是尊貴的山神大人，趕快過去！」

巨猿猛推了一下志帆的後背，令她踉踉蹌蹌上前，定神一看，才發現自己眼前的東西。

那似乎是個搖籃……所謂的山神睡在這裡嗎？志帆帶著滿肚子的疑問，忐忑不安地走過去，探頭看向搖籃內，她立刻驚聲尖叫地後退。

搖籃內的確是一個嬰兒，但……並不是人類的樣子。

她之前曾經聽說過，剛出生的嬰兒看起來像是猴子，但此刻躺在搖籃內的，顯然只有一半像猴子，具體來說，是個半人半猿的嬰兒。整張臉布滿老人般的皺紋，稀疏的頭上全都是白髮，有些地方的皮膚好像溶化了，只有一對圓滾滾的眼睛不自然地突了出來。

至少可以確定，那不是普通的人類嬰兒。

志帆反射性地轉身想逃，但巨猿迅速擋在她面前。

「怎樣？妳想回去嗎？」

志帆嚇得直打哆嗦。

「嗯，如果山神大人同意，那倒是沒問題……」巨猿動作誇張地歪著腦袋說。

「吞了妳。」

那是什麼聲音？志帆下意識轉過頭，隨即驚詫地倒抽一口氣。

一隻骨頭上黏著蠟黃色皮膚的手，漸漸從搖籃邊緣露出來，手的指甲很長，像野獸一樣尖銳。如同腐爛植物顏色的手臂伸了過來，垂在搖籃旁。

只見那詭異的傢伙趴在那裡，抬頭看著志帆。嘴裡的牙齒與嬰兒骨骼很不相襯，分不清是血還是食物的褐色液體，從張開的嘴巴滴落。雖然眼珠乾澀充血，眼神卻漆黑空洞，但黑瞳深處可以看到已經形成的明確自我。

「我要吞了妳！吞了妳！」

隨著咻咻的呼吸聲吐出的話，像是臨終前的喘鳴。

吞了妳……吞了妳？

「我要吞了妳這個賤人。」

志帆終於理解這句話的意思，再也無法忍受。**無論如何都必須趕快逃離這裡！**她滿腦子只想著這件事，身體也不由自主地移動起來。

「若妳想離開，那就隨妳的便。」

巨猿這次並沒有阻止，側身讓她經過，那排男人也都露出不懷好意的笑容為她讓路。

志帆驚恐萬分地發現，他們的臉已不再是人類的模樣，而是全都變成猿猴的紅臉。

她驚嚇地想沿著剛才的來路狂奔回去，只是還來不及邁開不聽使喚的雙腳，便有人從那排男人身後衝了出來，用力抓住她的手臂。

「妳不可以逃走！」

「別鬧了，放開我！」

「一旦妳想逃，巨猿會當場要妳的命。」

那人在志帆的耳邊輕聲警告，志帆忍不住轉頭看向他。

那人的外表與其他人不同，是位年約二十五、六歲的年輕人，一頭柔順的頭髮綁了起來。他一身黑衣，清秀俊俏的臉龐白淨端正，看起來聰穎睿智，與那些已經變成猿猴的男人有點像，又不太像。

「烏鴉，你別來搗亂！必須由她自己的意志來決定。」巨猿語帶煩躁地啞聲警告。

年輕人不加理會，堅定地注視著志帆。

「妳現在必須遵從他們的指示，如此一來，便暫時不會有生命危險。」

志帆頓時陷入了猶豫。

「怎麼了？在說什麼悄悄話？又在打什麼壞主意嗎？」半人半猿的妖怪不耐煩地問。

妖怪說話時，連志帆都可以聞到嘴裡吐出的腐臭味。

「妳趕快向山神低頭，並發誓會聽從他的指示。」年輕人瞥了妖怪一眼，低聲道：「如果妳不想死，就趕快這麼做！」

志帆被年輕人堅定的語氣說服了，於是抖著雙腳走回被稱為山神的妖怪身旁。

「怎麼了？覺得我很可怕嗎？」

妳一定覺得我很醜，對吧？對吧？真正醜陋的是妳這個賤人！令人厭惡的動物！妳腐爛的肚子裡一定爬滿了蛆……

志帆默不作聲，聽著持續不斷的惡毒叫罵，她回頭向年輕人求助，年輕人比手畫腳地示意她跪下。志帆聽從指示，雙腿跪了下來，並彎著身體，向妖怪磕頭。

妖怪可能覺察到她的舉動，猛然停止了咒罵，那雙通紅的眼睛看向志帆。

「妳要幹麼？」妖怪惡聲問道。

「我……我……」

志帆的牙齒不停打顫，畏懼得無法順利呼吸。

好可怕！好想逃走！太可怕了！我為什麼會遇到這種事？

「我會，聽從，你的話。」

「妳說會聽從我的話？少騙人了！你們都是騙子，就是只會說謊、醜陋又骯髒的動物！我要馬上吞了妳！」

妖怪不知在氣什麼似的，比剛才更加激動地辱罵。

「我，我沒有說謊！」

「所以妳願意發誓聽從我？是這樣嗎？我沒說錯吧？」妖怪咄咄逼人地發問。

志帆拚了命地點頭。

「那妳願意成為我的母親嗎？」

這個問題太出乎意料。

「母……母親……？」

志帆一臉茫然，不明白妖怪在說什麼。

「沒錯，妳被帶來這裡，就是為了扮演山神母親的角色。」那個被巨猿稱為烏鴉的年輕人，裝腔作勢地說：「這是一項很光榮的任務。妳要對山神大人說，願意恭謹受命，直到山神大人成為神。」

志帆瞠圓了眼，懷疑自己聽錯，卻看到年輕人拚命向她使眼色。

但是……自己養育這種妖怪，簡直是瘋了！

妖怪不明白志帆為何啞口無言，按捺不住火氣，再度破口大罵。

「妳果然是騙子！」

志帆暗瞥向年輕人，只見他動著嘴巴示意：**趕快說！**於是慌忙地點了點頭。

「我會聽從你的話。」

「妳願意發誓當我的母親嗎？」

「……我發誓。」

當志帆說出這句話的瞬間，周圍的猿猴發出了失望的歎息。

巨猿無趣地冷哼一聲，只有嬰兒繼續大肆咆哮。

「騙子、騙子！妳看著吧！我馬上就吞了妳。我不想再看到騙子，給我退下！」

「走吧！沒事了。」

年輕人跑了過來，一把抓起志帆的手臂，快步離開，而猴子和妖怪並未尾隨而來。

離開那個房間，轉過隧道轉角時，和年輕人同樣一身黑色裝扮的幾個人，乍然出現在眼前，適才可能躲在岩石後方等待。他們的臉看起來比那些像猿猴的傢伙更像人類，現下正站在志帆和年輕人身後保護他們。

「妳有沒有受傷？」年輕人邊走邊問。

「那是什麼啊……？」志帆回答的聲音，抖得很不尋常。

年輕人聽了志帆的問題，立刻正確理解她的意思。

「我知道妳難以置信，但正如剛才所說，那是山神。」

「神明？那是神？無論怎麼看，都是妖怪啊！」志帆情緒激動地尖聲道。

「噓！正確地說，是還沒完全成為山神的瑕疵神。」年輕人把手指放於嘴邊，低聲道：「不過，千萬不能讓祂聽到這種話，這裡是山神的意志所控制的神域，妳最好不要打什麼壞念頭。」

一旦惹怒祂，人類這種生物根本不是對手。

「什麼叫人類這種生物……你自己不也是人類嗎？」

「妳覺得我看起來像人類？」年輕人若無其事地回答。

「……那，那你是誰？」志帆注視著走在前面的年輕人，再次發問。

「我是八咫烏族長奈月彥，因為某些緣故，前一陣子開始為山神效命。」

語畢，他在一個看起來像是牢房的岩石屋前，停下腳步。

這裡是將自然的洞穴作為房間使用，除了便溺器具以外，只有一道對折的屏風，和當作睡床的涼蓆。

「今日起，妳就睡在這裡，負責養育那個嬰兒長大，直到祂變成真正的山神。」年輕人淡然地吩咐道：「雖說是養育，但祂並非人類的嬰兒，既不必餵奶，也不需換尿布。只需在祂招見妳時，去見祂；叫妳離開時，回來這裡。」

千萬不要惹怒山神，盡可能活久一點。

志帆聽了感到腦袋有點發昏，不禁心想：**這真的是現實嗎？**

「等一下，這是怎麼回事？到底發生了什麼事？」

看著志帆聲嘶力竭地叫喊，奈月彥也面不改色。

「山神每隔數十年，就需要轉世換體。」

為此，就必須要有女人生下新的山神，並養育祂長大。而村民已和山神約定，會負責提供這樣的女人。

「女人就是活供，村民以此換取山神對村莊的保護。」

志帆不禁感到驚詫又混亂。

「這不關我的事啊！我根本不是那個村莊的人！」

「這並不意外，我聽說上一任活供也是如此。」

奈月彥乾脆俐落的回答，讓她察覺到一件奇怪的事。

「……等等，你剛才不是說，活供的任務是生下山神，並養育祂長大嗎？既然這樣，不就代表有人生下了那個嬰兒嗎？」

「的確曾經有這一號人物，但現下已不在了。」

志帆想起那個妖怪沙啞的聲音，不禁感到戰慄。

「該不會……？」

「沒錯，被山神吞下肚了。」

志帆睜圓了眼，愕然地無言以對。

「差不多在一年多前。」奈月彥語調平淡地說道：「上一任活供生下目前的山神，不過她不願負起養育責任，試圖逃走。」

她很快就被找到，山神怒不可遏，將她啃食殆盡。

「我是在那之後才為山神效命，山神出生至今已過了一年，幾乎沒任何變化。那是因為活供沒有善盡職責，因此山神仍是嬰兒，無法安定的形體。」

奈月彥表面有禮、內心無禮的態度，令志帆難以置信。

「你還算是人嗎？」

「我記得告訴過妳，我是八咫烏族長，我們是太陽的眷屬，並不是人類的盟友。」

奈月彥說著一口流利的人類語言，而且比山內村民更沒口音，外形也完全就是人類。

奈月彥或許察覺到志帆的疑惑，微挑起眉睨著她。

「妳無法理解嗎？」

「我怎麼可能有辦法理解……」

奈月彥沉思了片刻，下定決心地抬起頭，用志帆聽不懂的語言向周圍的男人們下達命令。剛才始終不發一語的那些黑衣年輕人，都露出意外的表情，向奈月彥確認兩、三句話後，便列隊邁開步伐。

「怎麼了？怎麼回事？」志帆一臉困惑地問。

「跟我來！既然妳這麼說，那就讓妳親眼見識一下。」奈月彥淡然地回答。

走出如牢房般的岩石屋後，那些年輕人朝洞穴更深處前進。他們走過迷宮般的通道，來到一個鑿岩而成的大廳。那個空間和小學的體育館差不多大，地上和牆上都爬滿了枯萎的植物，不知是藤蔓還是爬牆虎。

志帆跟著其他人從入口進去，眼前有一道至今為止，從未沒見過的巨大門扉。

「這裡稱為禁門，門後方就是我們居住的世界，稱為山內。禁門原本封閉多年，但一年前，因山神的意志再度打開。由於活供的背叛，導致神域難以維持，因此我們才受到召喚，前來神域效力。」

那幾個男人打開了禁門，門的後方是和這裡相同的空間，不過並沒有植物蔓生，豎在牆邊棺材狀的石壁，持續不斷湧出水。

「妳似乎認為，只要我們相助，妳就能夠逃走……」奈月彥邊走，邊繼續說道。

他們通過了流水的空間，來到與剛才相同的石頭通道上。

「然而，這根本是不可能的事。」

一行人經過鑿岩而建的通道，踏上鋪著木板的走廊，那片空間看起來就像以前修學旅行時參觀的大神社內部。

奈月彥終於停下腳步，向周圍的年輕人揮了揮手，他們便啪嗒啪嗒地打開了像牆壁一般擋在前方的折疊門。

天亮了！朝陽從敞開的門照射進來。奈月彥所說的山內全貌，霎時呈現在眼前。志帆本以為下方會是龍沼和山內村，但現實完全出乎她的意料。

那裡是一個截然不同的世界，雖然下方有湖泊，但一眼就能看出規模遠遠超過龍沼。原本和緩的山稜線，變成了宛如中國山水畫中的高山峻嶺，陡峭的斷崖上有好幾道瀑布飛流直下，外形很像清水寺的建築物點綴其間。

最令志帆感到驚訝的是，她發現有龐大的黑影在空中飛翔。原以為是滑翔翼，沒想到竟然是體積差不多等同於腳踏車的巨大烏鴉，在天空中自由飛翔。仔細觀察後，她發現有人坐在烏鴉的背上，而且還裝了鞍轡。

奈月彥瞥見志帆瞠目結舌、說不出話來的樣貌，突然靈機一動，向身旁的年輕人使了一個眼色。心領神會的年輕人助跑後，跳上欄杆，毫不猶豫地一躍而下。

啊！志帆見狀，忍不住驚叫出聲。**這裡可是山頂附近，從這麼高的地方摔下去必死無疑啊！**沒想到，那名年輕人像體操選手一樣，靈巧地在空中翻了筋斗，下一秒，身體竟然發生了變化，他變成了如同剛才飛過眼前的巨大烏鴉。

幾秒鐘之前還是人類的大烏鴉，彷彿要向志帆展現身軀一般，牠張開黑色翅膀，俐落地飛向山間。

「這下子妳終於明白了吧？我們不是人類，而是八咫烏。」

志帆感到十分錯愕，滿臉茫然無措。

「妳千萬別因為我們不是妳的盟友，就試圖靠自己逃走。」奈月彥面不改色地，冷哼道：「未經山神的同意，即使想要離開神域，也只會來到山內這裡。」

縱使妳有辦法逃脫，也無法回到人間。

「怎麼會……」

「既然妳已充分瞭解情況，就乖乖回到神域照顧山神吧！」奈月彥毫不留情地說。

志帆終於意識到，這個看起來像人類的男人，的確不是人類。

她渾身無力，當場癱軟在地上。

「我問你，假設那個嬰兒日後真成為山神，也就是我完成任務之後，會把我怎麼樣？」

想到山神剛才揚言要吞掉自己，志帆便覺得自己不可能平安回家。

「……搞不好會心生同情，讓妳回到人間。」

奈月彥冷漠的語氣，顯示他並沒有真的這麼想。

「過去曾經有這樣的人嗎？」

「不清楚！至少我聽說以前那些女人，都有完成養育山神長大的使命。因此，妳也得努力向她們學習，不要試圖離開。猿猴和山神一樣都會吃人，牠們大概會很期待妳想逃走吧！因為一旦妳嘗試這麼做，牠們就有藉口可以吃人肉。不過，除非妳心存歹念，否則我們八咫烏絕不會傷害妳。在神域內，只有山神、巨猿和我會說人類的語言，我會派我的人守護在妳附近，若有什麼事，妳都可以跟他說。」

這個人或許不是敵人，但也絕對不是盟友。

「我做不到……求求你，幫我逃離這裡！」

明知沒有用，志帆還是忍不住苦苦哀求。

不出所料，奈月彥的態度果然冷漠無情。

「不可能！妳不完成任務的話，我們會很傷腦筋。」

「既然這樣，至少讓我跟外婆聯絡！我來這裡之前，沒有告訴外婆，至少讓我和她說上一句話……」

「恕難從命，請見諒！」

「求求你，救救我……！」

奈月彥露出同情的眼神看著潸然淚下的志帆，依然沒有伸出援手。

第二章　荒魂

回到神域的岩石屋後，志帆泣如雨下，最後累得整個人昏睡過去。

在熟睡中，她突然被一名不會說人類語言的八咫烏給喚醒。

「……幹麼？」

「山神。」

那位八咫烏年紀與奈月彥相仿，也可能更年輕一些，他用力扯著志帆的手。

這時，周遭傳來昨晚曾經聽過的刺耳叫罵聲，志帆終於察覺到是怎麼回事。

山神在呼喚自己了！

「不要，我不想去……」

想到自己必須再次靠近那個妖怪，志帆的雙腳就動彈不得，她無力地搖著頭。

八咫烏不由分說地強行將她拉起來，在洞穴內一路把她拽到山神的居室。

這個空間比作為志帆房間的岩石屋大很多，與昨晚相同，搖籃放在燭光照亮的房間深處，但山神並沒有躺在搖籃內。

「太慢了！妳剛才在幹什麼！」

巨猿站在房間中央，一臉冷肅地抱著妖怪，而聲音就是從巨猿的臂彎中傳出來的。

志帆沒有吭氣，垂下頭，靜靜佇立在一旁。

「回答我！」山神不耐煩地命令道。

「……我在睡覺。」

「我完全無法入睡，妳卻呼呼大睡？」

「山神大人，這個女人實在太過分了，虧她還是您的母親。」巨猿刻意地輕聲嘀咕。

牠像是在哄山神一般，搖晃著手臂。

「對啊！就是啊！」山神激動地表示同意。「你說的完全正確。真是太離譜了！妳這樣也算是母親嗎？」

志帆沉默不語，大氣都不敢喘一下。

「妳倒是說話啊！」山神側著頭，怒目圓瞠地喝斥。

祂大發雷霆地尖聲叫罵，然後用震耳欲聾的聲音哇哇大哭了起來。
「唉唉唉，山神大人也未免太可憐了。」
巨猿假意地哄著山神，並露出心懷不軌的狡黠笑容睨著志帆。
「妳要道歉！妳要道歉！」山神一次又一次吼道。
志帆終於拗不過，緩緩地俯身跪在又冰又硬的地上。
「對不起、對不起！」她不停地歉疚道。
這樣的折磨，直到巨猿抱走哭到睡著的嬰兒之後，志帆才終於解脫。
不過，由於耳鳴的關係，她沒有立刻察覺到巨猿已帶著嬰兒離開，直到八咫烏走過來扯了扯自己的手臂，她才回過神來。
剛才志帆挨罵時，八咫烏一直默默站在旁邊。
「吃飯。」八咫烏輕聲道。
回到彷若牢房的歇息處，志帆發現那裡已備好白米飯糰和裝在竹筒中的水。儘管饑腸轆轆，她還是感到無精打采，完全沒有食慾。
「我不想吃。」

八咫烏聽了，微微挑起眉，然後把頭轉向一旁，似乎表示：隨妳的便！

志帆上完廁所後，用涼蓆裹著身體躺了一會兒，身體越來越冷，也遲遲沒有睡意。

昨晚發生的一切都像是一場惡夢，外婆一定擔心不已。而且學校也快恢復上課了，如果在連假之後，我仍然沒有回到學校，老師和同學一定都會覺得很奇怪。

以往每個假日的此時此刻，自己應該是在陽臺上為盆栽澆水，或是看書。也許會與高中結交的朋友一起出遊，當玩累回到家時，外婆就會準備好晚餐，滿臉笑容地迎接自己。

「對不起……」

即使在這裡道歉，外婆也聽不到了。

正如奈月彥最初所說的，志帆幾乎無所事事。

因為沒有時鐘，無法知道確切的時間，但每隔數小時，她就會被山神叫去痛罵一頓，等山神哭累睡著之後，再回到岩石屋。

志帆用睡眠不足而昏昏沉沉的腦袋思考：雖然山神不吃也不拉，卻與普通的嬰兒一樣，每晚都會哭鬧。

當志帆疲憊地回到歇息處，八咫烏都會送上飯菜，只是她始終吃不下。

大約整整過了兩天，奈月彥再度來察看志帆。

「聽說，妳沒有好好進食。放心好了，飯菜裡並沒有下毒。」

語畢，奈月彥便當著她的面吃掉飯糰。

「不是因為這個……」志帆有氣無力地搖了搖頭。

「該睡的時候就要睡，該吃的時候就要吃，否則身體會吃不消。」

「我沒有食慾。」

「恕我直言，即使硬塞，也要強迫自己攝食。」奈月彥一臉雲淡風輕，若無其事地說：

「若妳死了，一切又得重來。所以妳必須活下去，必須養育山神長大。」

「你不覺得反正都是死路一條，與其被大卸八塊，還不如餓死？」志帆滿臉心灰意冷。

奈月彥沉吟片刻，好似下心決定地開口。

「那麼，在妳完成養育山神長大的任務之後，我會盡力讓妳平安回家。」

「……真的嗎？」

「雖然我無法保證，但我會往這個方向努力。」

騙人！志帆憑直覺感受到——若志帆死了，他會很傷腦筋，這番話是用來安慰自己的。

「那個嬰兒需要母親，才能夠成為完美的山神。」奈月彥泰然自若地斷言道：「既然會吃掉已無作用的母親，反過來說，母親在完成任務之後活著離開，也完全沒有問題。」

只要妳忍耐到那一天，我就會設法協助妳逃走。

「我並不想殺妳，這一點希望妳能相信。」

他說話的語氣聽起來很真誠，然則猶如玻璃珠的瞳眸微縮，掠過深思的薄光。

「我瞭解……」

你這個大騙子！志帆在內心咒罵著，接過奈月彥遞給她的飯糰。

她聞到溫柔的香氣。

那不是花香或是糕點的香味，而是女人特有的甘甜氣息。倏然好像有人正輕柔地撫摸自己的後背，那雙手的感覺很熟悉。

啊！是媽媽。以前志帆哭到睡著時，媽媽總是安慰地輕撫她的背。

志帆現在已經是高中生了，還讓媽媽用那樣的方式來撫慰自己，即使感到有點害羞，卻讓人不由得沉浸在這懷念的感覺中，心情十分愉快，也感到很安心。

有多久沒被媽媽這樣撫摸？應該很久了吧！因為……媽媽六年前就已經去世了。

志帆猛然睜開眼，映入眼簾的不是自己房間的床，而是粗糙的涼蓆。

她全身關節疼痛不已，臉上感受到冰涼的空氣，轉頭看向入口，發現八咫烏站在那裡。

媽媽當然不會在這裡！

奇怪的是，縱使知道剛才是在做夢，她並不感到失望，也許是因為感覺非常真實。她甚至覺得，也許媽媽真的來過也說不定。

別擔心、別擔心！志帆，加油！半夢半醒之間，媽媽似乎對她這麼說。

志帆突然感到飢餓，她拿起一直放在旁邊沒動的飯糰吃了起來。咬著已經冷掉的白飯，來到這裡之後，第一次用清醒的腦袋思索著自己目前身處的狀況。

在遭遇這些事後，她一次又一次深刻反省，外婆不可能沒有原因就惡言評論別人。只要好好冷靜分析，就可以察覺到，但自己竟然懷疑外婆，實在太愚蠢了。

只不過，自己再怎麼蒙昧，也不代表就應該送死。如果無論怎麼掙扎，目前的現實都不會改變，既然這樣，自己就必須另找出路。

外婆是個精明的人，她一定會用各種方法尋找孫女的下落，也許已經和警察一起前往山內村。唯一的問題就是，自己並不是被人類囚禁在這裡，而是落入這群怪物的手中。警察應該無法進入這個被稱為〈神域〉的地方。而且志帆也很懷疑，警察是否會相信人牲或活人供品之類的事。

至少必須逃離神域，並向山內村無關的人求助。然而，未經允許逃出去，就會進入八咫烏的世界〈山內〉，這到底是真是假？巨猿帶自己來這裡時，連結清泉和巨石的洞穴，的確與外界相通，所以不能完全相信奈月彥說的話。

只要不試圖逃離，山神和猿猴似乎就不會殺害自己。看來，要先表現出不打算抵抗，讓他們放鬆警惕，自己再伺機尋找離開的方法。一旦找到出路，就能趁他們不備而逃走。

志帆認為，這是得救的唯一辦法，為此，必須好好仔細觀察他們。

吃飽之後，志帆暗自決定接下來該做的事，心情也跟著好轉起來。

從那天起，志帆在假意順從的同時，也仔細留意起周圍的情況。

經過她的觀察後發現，山神、猿猴和八咫烏的行為模式，都有一定的規律。再者，八咫烏和猿猴在神域內的任務，似乎迥不相同。巨猿負責照顧山神，八咫烏則負責監視志帆，防止她奔逃。

奈月彥偶爾會從山內來這裡察看志帆的情況，而其他的八咫烏則輪流在岩石屋入口附近嚴密地監視。巨猿時而在山神身邊，時而離開，但似乎盡可能與山神在一起，雖然也會回自己的地方睡覺，大部分的時間還是待在山神那裡。

然而，過了一段時間之後，巨猿的那些手下幾乎都不見了蹤影，也許牠們原本就不習慣守在山神附近。

那些猿猴可能以為志帆很快就會逃脫，剛來到這裡的兩、三天，她經常遇到牠們。沒想到志帆並沒有做出預期的行動，因此每次和猿猴擦身而過時，都會聽到牠們咬牙切齒的聲音。到後來，也漸漸地碰不到牠們了。

沒有像樣的飲食，還在監禁狀態下過日子，精神很容易出問題。志帆能夠維持精神正常的狀態，是因為她能夠得到最低限度的睡眠。

從那次之後，志帆每晚都會做相同的夢。

每當志帆躺下昏昏欲睡時，媽媽就會來到身邊輕柔撫慰她。即使睡眠時間不長，或許是睡眠品質很好的原故，從夢境中清醒之後，她都覺得全身比較舒暢。

剛開始第一、二天，志帆還覺得山神的謾罵難以忍受；當得到良好睡眠之後，到了第三天，她已經有辦法充耳不聞了。

人類似乎能夠適應任何環境！

志帆有些事不關己地佩服自己強韌的生命力。

一旦保持冷靜之後，就能觀察到在不同的時間和場合之下，山神的破口大罵有迥異的特徵——巨猿在場和不在場時，山神痛罵的方式就有微妙的差異。

當巨猿在旁時，山神總是口出惡言，暴跳如雷，而巨猿也會搧風點火，造成山神的怒氣無法平息，反而越罵越火冒三丈。然而，當奈月彥在場時，山神的怒氣經常不是針對志帆，而是痛罵八咫烏。

「你們這些骯髒的死烏鴉、膽小鬼、叛徒，就是你們的精神墮落，才會這麼污穢。」

就算被山神罵得狗血淋頭，奈月彥也只是默默無語，從來不反駁。

「就是啊！烏鴉真是太糟糕了。」巨猿無奈地搖頭附和道，表情卻眉開眼笑。

這種時候，巨猿總是比山神數落志帆時更加愉悅，這件事讓她留下了印象。因為當巨猿偶爾不在時，山神的責備聽起來不像是咒罵，反而更像是挖苦和憎恨。

某天，在志帆來到這裡差不多第十天時，巨猿剛好不在，只有山神、奈月彥和志帆。山神一如往常般氣忿地怒罵著，但也許是巨猿不在側的關係，中途祂似乎罵累了，氣勢漸漸削弱下來。

「你這個叛徒……我不想看到你，給我退下！」山神怨嘆的嗓音比平時更有氣無力。

奈月彥領命低著頭靜靜離開。

志帆發覺山神經常叱罵奈月彥是叛徒。**這樣的指責，是否有什麼原因？**志帆從山神身上感受到祂和巨猿在一起時，不曾有過的脆弱。

「……你為什麼說奈月彥是叛徒？」志帆不由得脫口問道。

話一說出口，她便知道自己闖禍了。未經仔細思索，就衝動說出內心的疑問，一直以來是自己的壞毛病。雖然漸漸適應這裡的一切，沒想到自己竟會在這種時刻又犯了老毛病。

志帆膽怯地瑟縮著身子，準備承受山神狂風暴雨般的責罵。

令人意外的是，山神並沒有暴跳如雷，而是發出大人般的歎息。

「……他曾經背棄過我。看到我的力量大不如前，心灰意冷後就一直躲在那道門的另一側，再也沒回來過。因為烏鴉已不需要我，所以他們忘了我。」

事到如今，才又回過頭來找我，不知道在打什麼鬼主意？

山神笑說這句話的語調，聽起來像是在自嘲。

這是祂第一次認真回答志帆的問題，態度和之前迥不相同。志帆不禁感到詫異，目不轉睛地盯看山神，驚覺眼前的嬰兒比十天前成長了許多。

大家都說嬰兒的成長速度驚人，但山神似乎更加異常，明顯與人類不同。雖然祂的外形依舊醜陋，那帶著一絲無助的眼神，卻比猿猴更有人情味。

山神剛才那番話像是自言自語，正當志帆猶豫著該不該插嘴時，又聽見嬰兒的低喃。

「反正妳遲早也會這麼做。好了，妳可以退下了。」

最後志帆什麼都沒說，便回到睡覺歇息的岩石屋，只是即便躺下，她仍然沒睡意。

山神第一次露出那樣的表情，讓自己的內心產生了動搖。即使只有短暫的瞬間，那個妖怪卻看起來好像人類。

志帆翻了一個身，凝視山神所在的方向不斷地思索。

到底山神和八咫烏之間，曾經發生過什麼事？

——志帆，志帆，妳趕快起來！

耳邊響起輕柔的呼喚聲。

志帆睜開眼睛，發現有個女人站在眼前，身上穿著和自己相同的白色和服。

「妳，妳是誰？」

看到女人的瞬間，志帆立刻恍然大悟，她就是這陣子每晚出現在夢境中，被自己誤認為是媽媽的那個人。

那位溫柔婉約的女人年約二十歲左右，容貌並沒有特別出眾，外表卻充分展現溫暖的高雅氣質，只要她展露微笑，必定讓人為之傾倒。只不過，此刻她的臉上帶著憂愁。

志帆慌忙坐起身，女人輕巧地把指尖放在志帆的唇瓣上。

——妳噤聲，先聽我說。

女人溫潤的嗓音並非透過耳朵聽到，而是直接在腦海中響起。

——我現在能幫妳逃離這裡，我為妳帶路。快，跟我來！

「真的嗎……？」志帆驚訝地瞪圓了杏眼。

——八咫烏說的是謊話，只是為了打消妳想要逃走的念頭。

那個女人告訴志帆，即使未經山神的同意，只要走對路，也能回到原來的世界。

志帆瞥向入口，看著負責監視她的八咫烏背影。她原本以為不先解決那個八咫烏，就不可能逃走，但女人向她頷首保證，一切不會有問題。

——他們看不見我，不過妳得小聲點。

「好的。」志帆謹慎地低聲回應。

那個女人見狀，輕笑出聲，隨即又悲痛地顰起眉心。

——真的很抱歉，這一切都是我的錯，因為我的關係，祂才變成那樣……

女人懺悔般細聲說道。

——由於這個原因，許多女孩都死了。她們很無辜，不應該喪命的。

女人顫抖著嗓音，凝視著志帆的眼眸。

——祂已聽不見我的聲音了，但我不想再看祂繼續殺人。

水晶碎片般的淚珠，從女人清澈的眼瞳中滑落。

——來，妳快站起來。

志帆想握住女人伸出的手，卻無法觸碰到她。

女人一臉落寞地看著這一幕，然後轉過身。

——跟我來。

「妳到底是誰……？」

女人再次轉回頭，露出讓志帆安心的笑容。

——我是玉依姬，負責專心侍奉山神大人。

「女人不見了。」

接獲報告時，奈月彥身旁的護衛驚叫出聲。

「怎麼可能有這種荒唐事！」

明明隨時都有人守在岩石屋唯一的出入口。

「是否擅自離開了崗位？」護衛質問前來報告的看守。

「不，我一刻都沒有離開。」全速跑來稟報的看守臉色鐵青，搖頭說道：「我也不清楚那女人是怎麼離開的。」

然而，志帆確實不見蹤影。

「你最後一次看到她是何時？」

「就在剛才，我看到她打算起身如廁，於是轉過身背對著她。當我再次回頭時，她已不見蹤影了。」

「現下該怎麼辦？」

「你去找援兵，我們必須比巨猿更快尋獲那女人。」

奈月彥毫不猶豫地命令臉色發白的親信。

「是！」

「我們先去岩石屋查看。」

奈月彥帶著看守和一名護衛前往志帆的歇息處，當走進空無一人的岩石屋，他筆直地走向隔開如廁空間的屏風，移開了面向岩壁的那一側。

這裡原本只是洞穴，未經加工的岩壁顯得凹凸不平，但在突出的岩石之間，有一條裂縫般的縫隙，而且剛好被屏風遮住。乍看之下，會覺得人根本無法擠進這個縫隙，實際把手伸進去之後，指尖能隱約感受到空氣的流動。

這裡能夠通往其他空間。

「怎麼可能？」護衛詫異地低吟道：「她該不會是從這裡逃走……？」

志帆身材嬌小，才有辦法擠進去。

奈月彥暗自判斷，自己和其他人無法從這裡追出去，於是果斷地站了起來。

「我們擠不進去，先出去再說。」語畢，奈月彥快步走出岩石屋。

「很抱歉！都是我的疏失。」被志帆從眼皮底下逃走的看守，苦悶地鞠躬歉疚道。

「吾先前也沒有發現那條縫隙，誰來當看守都一樣。」

這時，四名八咫烏迎面跑了過來，可能是親信找來的援兵。

「我先帶了能立刻行動的人過來，其他人準備就緒後，也會一起加入。」

「女人逃進我們沒有掌握的隧道。」

「知道那條隧道通往哪裡嗎？」

「完全不清楚，必須找一個身材瘦小的人過來。你們在洞穴內巡視，繼續尋找女人的下落。切記小心行事，千萬別讓山神和巨猿察覺這件事。」

奈月彥下達命令後，手下都還沒來得及回答，熟悉的龐大身影就出現了。

「喔？你說，不要讓誰察覺什麼事？」

巨猿露出令人厭惡的笑發問，手上抱著瞪大雙眼的山神。

該死，這下子不妙！

「聽說女人逃走了？」

「好像是這樣。」

「烏鴉，你得為這件事負責喔！」巨猿喜不自勝地說。

奈月彥的手下聽到巨猿唯恐天下不亂的語氣，頓時緊張起來。

「搞不好是烏鴉故意讓志帆逃走。」

「山神大人，絕對沒有這種事！」

「閉嘴！」巨猿喝斥道，接著幸災樂禍地笑了起來。「你們之前背叛了山神大人，事到如今，還指望祂會相信你們嗎？」

不妙、不妙！情況真的很糟糕！

焦躁感持續累積，雖然腦海中警鐘大響，卻完全沒有因應之道。奈月彥眼角掃到護衛正緩緩移動，似乎在為他確保退路。

「啊啊——！山神大人，即使到了這地步，也不明白這些傢伙心裡到底在想什麼？」巨猿誇張地在沉默不語的山神耳邊嘆息道：「事到如今，只有我才是您唯一能信任的對象。搞不好，這傢伙和那個女人是共犯呢！」

「和那個女人……？」

「對，沒錯！女人和烏鴉都是叛徒。」巨猿高聲宣示般地說道：「是他故意讓女人逃走，試圖奪取山神的地位。這傢伙啊！打算取代您呢！」

巨猿咧嘴發笑的瞬間，整個空間亮起了強烈的白色閃電，隨即熱氣瀰漫。

志帆全都看見了。

當她跟著女人走進隧道後，就躲藏在岩石後方。原本計畫等烏鴉一走，她再從其他路逃出去。沒想到，還沒等到烏鴉離開，巨猿和山神就出現了。

志帆能從岩石縫隙，清楚窺視外面的情況，也能聽到他們說話的聲音。只見巨猿和烏鴉交談時有獨特的口音，聽起來像是外語。雖然志帆不知道他們在說什麼，但從眼前的氣氛可以察覺——奈月彥和其他八咫烏因協助志帆逃走，而遭到責難。

不知道他們會怎麼樣？志帆看得心驚肉跳。

驀然，山神周圍突然迸出了閃電。

志帆恐懼地驚聲尖叫，只是她的叫聲全被雷聲給淹沒。巨大的聲響和強光，讓她的耳朵頓時聽不見任何聲音，眼睛也看不見。

她將視線從縫隙移開，靠在岩壁上喘息，過了半晌，最先恢復的是嗅覺。她聞到一股濃烈的焦味。那是頭髮、泥土和肉一起燒焦的惡臭，嗆鼻的焦味讓她差一點吐出來。

怎麼了？到底發生了什麼事？

儘管內心隱約警告自己不該看，她還是忍不住把眼睛湊到縫隙前。首先映入眼簾的，是一片白色霧靄。**不知道是什麼冒出了蒸氣？**仔細一看，好幾個如岩石般漆黑的身影，倒在前一刻八咫烏所站的位置，像是胎兒般地彎著手臂，縮成一團。

那是八咫烏的屍體。

耳鳴聲好轉之後，志帆聽見在洞穴內不停迴盪的淒厲聲。一名年輕人可能剛趕到這裡，他抱著躺在地上、已變成黑炭的夥伴，撕心裂肺地喊著他們的名字。

洞穴內同時響起了笑聲，彷彿在嘲笑那個年輕人。只見巨猿小心翼翼地抱著山神，左搖右晃地哄祂，同時狂妄地大笑。

不知道過了多久，山神和巨猿都已離開，抱著夥伴遺體的八咫烏也不見蹤影後，自稱是玉依姬的女人說服著志帆盡快離開。

——走吧！

在女人的催促下，志帆腳步踉蹌，搖搖晃晃地穿越了隧道。

經過清泉時，她發現泉水依然靜謐，不斷湧出的水碧藍清澈。眼前的寂靜，令人難以想像前一刻如此混亂喧鬧。

志帆很久沒有奔跑了，身體感到很疲累，但方才景象帶來的衝擊，更讓她頭痛欲裂。

「都怪我……」

——不，那並不是妳的錯。

女人語氣堅定地否認志帆的話。

——祂現在經常心血來潮地殺害周圍的人，我已看過不止一次，為了一些微不足道的事，殺害猿猴和烏鴉……祂之前絕對不會這樣。

女人陰鬱地回憶道。

——並不是妳的錯。

玉依姬一次又一次重複這句話。

在女人的引導下，志帆在完全陌生的道路和洞穴內持續奔跑，陡然她感覺到周圍的空氣和剛才不一樣。

溫暖的空氣和神域清澈冰冷的感覺不同，下著雨的夜晚，風中飄著杉木宜人的香氣。走出洞穴了。

——只要離開神域，猿猴就不會來追上來了，妳只要沿著這裡往前走就好。

玉依姬指著稱不上是獸徑的斜坡說道。

志帆沒有時間猶豫，她一個勁地衝下斜坡。路很不好走，雨也下得很大，不一會兒，她驚懼地啊了一聲，從斜坡滾落下去。

她抱著頭在斜坡上打滾，好不容易停下來時，已全身是泥，渾身是傷。她喘著粗氣，狼狽地抬起頭，剛才為她帶路的玉依姬已不見蹤影。這時，似乎瞧見像是住家的燈光，她慌忙起身走近觀察，發現的確是一棟房子。

那是面向龍沼而建的小木屋，寬敞的車庫內停了三輛車，其中一輛車上載著獨木舟。

志帆沿著湖泊附近察看，在肉眼可見的範圍內，並沒有看見像是村莊的燈火。

她不知道這裡離山內村有多遠，但她再也走不動了，只能聽天由命。

「有人在嗎？……有人在嗎？請問有人在嗎？」她喘著氣，無力地連續叫喊好幾聲。

終於，房子的窗簾被拉開，一名戴著銀框圓眼鏡、三十多歲的男人探出頭來。

「妳怎麼了？」男人露出驚訝的表情。

志帆鬆了一口氣，當場癱倒在地上。

「我叫谷村潤，平時住在東京，只有夏天才會來這裡避暑。」

「這裡是別墅嗎？」

「也算是。」

谷村領著志帆來到兼作客廳的書房，窗邊有一張大書桌，天花板的吊扇旋轉著，挑高的房間兩側都是書櫃。

聽了志帆簡單的說明後，他居然馬上就相信了。

「我之前就知道那個村莊會舉行奇怪的儀式，只是沒想到那些傢伙竟然會把年輕女生當成人牲。」他眉頭深鎖地抓著頭，接著翻起電話簿，嘀咕道：「總之，先通知妳的家人，然後再報警。遇到這種情況，是否向縣警報案比較好……」

他看起來為人親切，而且相當時尚，不只燙了頭髮，還染成棕色，抽菸的樣子很帥氣。在日光燈下，志帆發現他鼻子周圍有些雀斑，只是難以判斷他的實際年齡。

他剛才說，自己是公司老闆，也許實際年齡比看起來更年長。

「這裡只有手機，妳用過手機嗎？」

「沒有。」

「那妳可以把妳家的電話號碼告訴我嗎？」

志帆迅速報上電話號碼，谷村俐落地操作手機後，他說了聲：「給妳！」便把手機交給志帆。不過，外婆沒有接電話，在轉接到答錄機之前，電話就斷了。

「咦？照理說，這裡勉強可以收到訊號啊！是不是訊號不好？」谷村歪著頭納悶地說：「算了，只要多打幾次，應該就會接通，反正我等一下就會帶妳去鎮上。」

「不好意思……」

「沒關係！對了，妳肚子餓嗎？」

「呃，比起吃東西，能不能先借我梳洗一下？」

即便另一個冷靜的自己默默地吐槽「這種時候竟然要求洗澡」，她還是感覺得到八咫烏被燒焦的氣味一直殘留在身上，而且已經很多天沒洗澡，也沒換衣服了。站在日光燈下，很想趕快把自己的身體洗乾淨。

谷村露出擔心的表情，欣然同意她的請求。

「好，那我來報警，妳先去泡澡。雖然是我泡完剩下的水，應該還沒有冷掉，妳可以重新加熱後再泡。」

志帆在谷村的指示下走進浴室，才終於能夠脫下身上的衣服。她身上還穿著最初舉行儀式時換上的白衣，上面沾滿了污垢和泥土，簡直慘不忍睹。

她打開蓮蓬頭洗頭，並專心將肥皂抹滿全身，當她把肩膀以下都泡進暖呼呼的熱水時，聽見門外傳來谷村說話的聲音，應該是電話終於打通了。

谷村為她準備了寬大的襯衫、厚質運動衣和長褲。志帆著裝完畢後走出浴室，迎接她的是冒著熱氣的泡麵。

「警察說會來這裡，所以妳不必擔心。」

「這樣啊……」

「妳先吃點東西填飽肚子吧！只有泡麵我可以馬上準備好，妳吃得下嗎？」

「嗯，那我就不客氣了。」

加了雞蛋的泡麵，好吃得讓人流眼淚。

谷村坐在有輪子的紅色椅子上，看著志帆津津有味地吃麵。

「謝謝款待。」志帆滿足地放下免洗筷。

「不客氣。」谷村笑容滿臉地問：「在警察來這裡之前，妳可不可以告訴我，祭神儀式的詳細情況？」他停頓了一下，又補充道：「當然，如果妳不想說也沒關係，只是我比別人更瞭解這方面的事，也許聽妳說明之後，我可以分析出那個村莊的人到底想要幹什麼？」

於是，志帆就把舅舅到東京之後的事，一五一十告訴了谷村。谷村凝神傾聽，完全沒有打斷她，這反而讓志帆感到不安。**不知他是否真的相信，有巨猿和自稱是山神的妖怪？**

說到被帶往神域時，志帆思考著該如何說明。

驀然，一直在旁靜靜聆聽的谷村第一次插嘴。

「原來是這樣……所以村莊裡的人特地跑到東京把妳帶回這裡，是要妳代替妳媽媽。」

原來是這樣、原來是這樣！谷村不停地點頭低喃。

「之前就搞不太清楚山內和那個村莊到底是什麼關係？託妳的福，現在終於明白了。」

谷村笑著道謝後，低聲嘀咕道：「沒想到竟然要妳去當人牲。」

志帆乍然背脊發涼，感到不太對勁。**奈月彥不是經常提到山內這個詞嗎？**

「請問……？」

這時，響起有人敲玻璃門的聲音。

「自己進來吧！」

會有人用這種命令的口吻對警察說話嗎？難不成……難不成？

「志帆，謝謝妳主動找上門。」谷村大剌剌地說。

志帆猛然轉過頭，玻璃門在她的眼前打開，風吹了起來。

渾身濕透的奈月彥，站在被風捲起的窗簾後方。
志帆反射性地站了起來，但她根本無處可逃，只能手足無措地愣在原地。
「奈月彥，你平安無事嗎？」
「謝謝你通知我。」
「不會吧……你！」志帆惶惶不安地渾身發抖。
谷村露出很有個性的眼神，輕笑了起來。
「我叫谷村潤，在人類社會是經營好幾家公司的有為老闆。不過在這個世界，大家都叫我大天狗潤天。」
「天狗……？」
「八咫烏是和我們天狗做生意的優質客戶。」
「所以你騙了我！」志帆難以置信地猛搖頭，瞠目看著眼前的男人。
「不好意思啊！我也有自己的為難之處。」大天狗輕描淡寫地聳了聳肩。
「妳為何自己逃走！」奈月彥忍無可忍地厲聲質問：「我不是說了，等時機成熟，就會助妳一臂之力嗎？」

「喂喂，我剛才聽志帆說明情況了。」大天狗抓著頭緩頰說道：「她無法全然相信你，也是情有可原，我認為你不能怪她。」

「我當然知道。」奈月彥瞪著大天狗回答：「我並沒有說謊，而是希望她能夠信任我。若她相信我……我的同伴就不會死於非命了。」

向來面無表情、彷彿戴著面具的奈月彥現下滿臉沉痛，他頹然的身影，讓志帆想起那些變成焦黑屍體的八咫烏，眼淚差一點衝了出來。

「對不起……」她歉疚的嗓音，細微得近乎聽不到。

然而，奈月彥並沒有回應。

大天狗看到他們兩人都沉默不語，無奈地嘆著氣。

「事到如今，你應該不會打算把她再帶回神域吧？」

「……即使現在帶她回去，也已經太遲了。」

「那可以讓志帆回家囉？」

「拜託你了。」

「啊？」志帆聽到奈月彥如此乾脆的回答，忍不住睜大雙眼。

「我們的確欺騙了妳，但只要妳不宣揚這個村莊的事，我們就不會對妳不利。」大天狗露出了淡淡的苦笑說道：「為了逃離村民的魔爪，我可以提供一筆援助的資金，讓妳和妳外婆遠走高飛。」

希望妳不要再和村莊、神域有任何牽扯。

「我完全不在乎那個村莊的人會如何。」大天狗一臉正色地說：「不過，如果神域發生變故，讓八咫烏有什麼三長兩短的話，那就糟了。」

既然那個儀式是山內存續不可或缺的條件，那也只能繼續維持。

「雖然我也不太能苟同。」天狗聳了聳肩無奈地說。

「……所以還會有其他女生遭遇相同的事嗎？」

「是啊！這也是無可奈何。那我反過來問妳，現在妳又能改變什麼？」大天狗突然露出冷酷的眼神，嘴角扯出一絲嘲弄的微笑，說道：「到了平成這個時代，外界仍然不知道村莊內舉行這種儀式，就是因為那些村民的手法很巧妙。我猜想，他們一定專門找那些無依無靠、即使失蹤也不會輕易被發現的少女。這就代表那些村民具有這樣的能力。」

大天狗說完，重重地摔進志帆剛才坐的沙發上。

「雖然他們以村莊為根據地，卻與財經界有密切的關係，警察內部也有他們的人。這件事已經和妳無關了，所以妳乖乖聽我們的話就好。」

志帆一言不發，陷入了沉默。

剛才始終低著頭的奈月彥輕歎了口氣。

「即使妳什麼都不做，只要計畫順利，這一切或許很快就可以結束。」

「啊？什麼意思？」志帆還來不及開口，大天狗就訝異地反問。

「八咫烏決定奮起反抗，我們明早要推翻山神。」

志帆愣怔了片刻，確實理解這句話的意思後，發覺自己的胸口一寒。

「……請問，你們打算……殺了山神嗎？」志帆輕聲囁嚅道。

「雖然祂是神，但在神的靈魂中，缺乏仁愛謙虛的『和魂』，只有勇猛強韌的『荒魂』，而且兩者已經失去了均衡，讓祂變成了惡神。」奈月彥頷首俐落地斷言道：「對於這種無論怎麼安撫都徒勞無功的神，除了消滅以外，還能怎麼處置？」

當然，妳幫不上任何忙。

「妳盡快回去人類的世界，不要再和我們有所牽扯。」

大天狗把志帆趕去隔壁臥室後，重新面對奈月彥。
「……你們到底在焦急什麼？」
奈月彥沒有回答，不發一語地站著。
「沒想到向來傾向保守的你們，竟然會做出這樣的決定，我一直以為你們會努力維持現狀。」潤天雙眼微瞇，向下瞥了一眼問：「你們倉促行動的理由，該不會和你來這裡之後，一直藏起的右手有關？」
奈月彥知道瞞不住，他拉起袖子的同時，一股惡臭撲面而來，甚至還冒著蒸氣，一部分燒焦的皮膚，和原本黏在上面的兩、三滴血掉落在地面。
奈月彥從右手臂到後背，都被嚴重燒傷。
「……這不是普通的燒傷傷痕。」
「這是山神的詛咒。」
奈月彥悲憤地告訴他，遭到山神詛咒的五個夥伴都死了，還有一名護衛為了保護自己，至今仍然徘徊在生死邊緣。
「我把天狗珍藏的妙藥借給你用。」大天狗咂著嘴說。

「謝謝你的好意，但我認為無法用藥物治好。」

「什麼？」

「以前，一百年前的金烏，那律彥也受到相同的詛咒。」

「你想起來了嗎？」

「稍微想起一些。」

八咫烏族長，也就是金烏，每隔數十年的週期就會出現一次。金烏在誕生時，就具備了治理山內的特殊能力，以及歷代金烏的記憶。然而，奈月彥卻缺乏歷代金烏的記憶，因此遭到其他八咫烏質疑，認為他身為金烏的本質有問題。

其原因與一百年前上一代金烏去世後，禁門的關閉有關。當時，上任金烏進入神域，不知為何緣故，讓一名手下回到山內，並利用自身封印了禁門。

「之前，我一直納悶那律彥為何會做出那種事，現在終於瞭解了。他知道一旦遭受這種詛咒，自己就必死無疑，才會用最後的生命去保護八咫烏。」

照這樣下去，我也會在不久之後死去。

「沒有解決的方法嗎？」大天狗歎息問道。

「沒辦法，這是隨著山神的感情逐漸惡化的詛咒，傷口無法癒合，只會持續擴大。即使是現在……我依然能感受到山神狂暴的怒氣。」

燒傷的傷口持續冒出蒸氣，那就是詛咒在灼燒自己的手臂。

儘管奈月彥說，照目前的情況，再過不久他也會死亡，但他的態度卻相當冷靜。

「原來是這樣……難怪你的手下都很焦急。」大天狗恍然大悟。

「他們認為若不盡快行動，我就會沒命。最後得出結論，唯有誅殺降下詛咒的山神，才能阻止我的傷勢繼續惡化。」

太魯莽了！大天狗內心暗忖道。

從六年前開始，猿猴就多次入侵八咫烏居住的山內，當時並不瞭解猿猴是從哪裡進入，直到一年前禁門在大地震時被打開後，才得知猿猴是從神域闖入的。

禁門打開的同時，八咫烏和猿猴差一點爆發戰爭，最後是靠目前的山神以壓倒性的力量，阻止了這場衝突。

據山神所言，猿猴是為自己效命的使者，也就是神使。八咫烏以前也和猿猴一樣聽命於山神，只是他們一度放棄神使的責任，躲回山內。既然他們當年犯了錯，被猿猴吃掉，也只是一種正當的懲罰，沒有理由心生怨恨。由此可知，山神顯然對八咫烏感到無比憤怒。

奈月彥認為，山內會發生大地震也是基於這個原因，若一直無法解決的話，所有八咫烏都會滅亡，才會答應再次為山神效命。

原先他們設法極力平息山神的怒氣，如今竟然想要殺山神，簡直是太亂來了。

「即使成功解決了山神，不是也會對你們生活的山內造成影響嗎？」

八咫烏是只能生活在山內的生物。

聽說八咫烏族長奈月彥是例外，但其他八咫烏一旦擅自離開山內，就無法變回人形，成為普通的烏鴉。也就是說，如果山內發生變故，八咫烏便無法繼續維持目前的生活，事態將會相當嚴重。

不過，奈月彥在這個問題上卻含糊其辭。

「我也不清楚，只是這次讓女人逃走，我們已沒有退路。山神曾說，若再有差錯，就要把住在山內的八咫烏全都殺光。」

「那你們要怎麼對付猿猴？」

「只要不是山神，我的手下應付得來。」

奈月彥應該非常瞭解這種孤注一擲的行為有多麼危險。

「斬殺山神的不是人類，而是我。甚至有人說，行動一旦成功，我或許能成為這座山的新主人。」

「我知道你算是半個神，但成為這座山的新主人，只是你手下的願望而已。那你自己的想法呢？」

天狗用凌厲的眼神凝視著奈月彥，表示不允許他敷衍。

奈月彥沉吟了半晌後，終於屈服了。

「……說出來或許很丟臉，不過在實際行動之前，我也不知結果如何。假如我就這樣因詛咒而亡，其他八咫烏同族遲早會遭到滅絕。」

原來他們根本就沒有選擇的餘地。

天狗徹底瞭解情況後，便無話可說了。

「八咫烏是太陽的眷屬，明早天一亮，我們就要誅殺山神。」

第三章　逝夢

來到神域十個月後，生下了一個粉妝玉琢的嬰兒。

「恭喜妳，終於成為真正的玉依姬。」八咫烏族長儒雅地向她道賀。

「謝謝，真不知該如何感謝你。」

起初倍感不安，如今能雙手擁抱自己的孩子〈山神〉，她的內心感慨萬千。

來到此地後，各方面都為她盡心盡力的八咫烏，靜靜地搖了搖頭。

「不必言謝，我們只是盡了本分。」

「即便你這麼說，我仍然必須表達內心的感謝。全拜你們協助所賜，我這個村姑才能夠生下幼主。」

「妳已是我們主君的母親大人，感謝妳的努力。」八咫烏輕笑道：「望妳再接再厲，好好養育幼主，直至祂能自行下山。」

遇到任何困難，可隨時呼喚我。八咫烏族長留下這句話便轉身離去。

一身巫女裝扮的八咫烏，和侍女打扮的猿猴走了進來。

「是否要為襁褓中的幼主換上衣裳？」

「好，麻煩妳們了。」

儘管離開自己的懷抱，嬰兒明眸皓齒瞅著自己的模樣，實在太惹人憐愛，幾乎差一點忘了那是自己效命的神明。

而後，嬰兒也迅速長大，成為她倍感自豪的兒子。烏鴉和猿猴時常笑逐顏開，大家都很幸福，生活過得十分富足，沒有絲毫不滿。

然而，隨著歲月流逝，她面臨到一個棘手的難題。

心愛的兒子，也是她效命的山神，在二十歲之前就停止成長，而自己卻不斷衰老。快樂的歲月如梭，她的背漸漸駝了，最終臥床不起。

意識漸漸模糊之際，她聽到山神的歎息聲。

「母親、母親，妳聽得見我的聲音嗎？」

烏鴉和猿猴紛紛啜泣，哭泣聲在室內此起彼落。

她用盡最後的力氣睜開雙眸，映入眼簾的是一名年輕英俊的男人，正悲傷地凝望著自己。她很想伸手撫摸他柔嫩的臉頰，但費力舉起的乾瘦手上，爬滿了皺紋。

唉！真的不想老去。她的手臂無力地垂下，山神慌忙握住她的手。

「母親，妳別擔心！縱使妳離開了，我的身體也會在不久的將來迎接極限，之後我會追隨妳而去。」

她想對山神道歉和表達謝意，總覺得自己必須說些溫柔的話語，只不過，就連自己的心也無法隨心所欲。

雖然山神說，祂的身軀也將迎來終點，但祂依然年輕，依舊美麗。明知道這是無可奈何的事，她的內心始終感到寂寞……她感到寂寞，更感到懊惱。

此時此刻，已經抓住她雙腳的死亡陰影，在她內心激起從未有過一絲念頭的嫉妒之心。

「……你，你果然和我不一樣。」她虛弱地囁嚅道。

山神聞言，愕然地雙目微瞠。

「母親……？」

聽到山神不知所措的聲音，她後悔不該迸出那句話，卻已無力更正。

「恭喜！妳也成為了玉依姬。」

聽到道賀聲，她垂首看著白裡透紅的嬰兒，祂就這樣自己出生了，怎麼可能覺得可愛？

一年前，聽說山神殞命，需要新母親讓山神重生，不久之後，白羽箭便插在自家門前。她不明白歷任村姑的想法，但她根本不想來到神域這種地方。眾人勸說，這是為了整個村莊，甚至逼迫她在神域的清泉中淨身，至今已有十個月又十日。自己未曾躺在心愛男人的臂彎中，卻莫名其妙成為了母親。

日後將成為山神的嬰兒，有雙不似新生兒的眼眸，外表雖是孩童，內心顯然猶如大人般總是對自己察言觀色，令人感到不太舒坦。此外，嬰兒似乎能感受到她的想法，卻不知該以什麼態度對待她，因此經常沉默不語，她也從不主動與嬰兒說話。

過沒多久，八咫烏族長得知玉依姬與寶君不和的消息，從山內來到神域勸告她。

「至少在山神能夠自行下山之前，妳都必須盡力照顧祂，望妳盡責。之前的玉依姬也都出色地完成職責，妳已是山神的母親，別一直以為自己還是少女。」

看著八咫烏一副正義凜然的樣子，讓她恨得牙癢癢。

最近只要一入睡，就會不斷夢見自己充滿喜悅地生下山神，並把祂養育長大，和祂一起走完人生旅程。

也許歷任玉依姬都是這樣度過一生，但自己和青梅竹馬已互許終身，得知她受到山神的召喚後，村民就不由分說地拆散了他們。她不認為村民對自己有什麼恩情，也絕對不想要這個父親不詳的可怕孩子。

即便與山神一起用膳，他們之間也完全沒有交談，在旁伺候的猿猴總是尷尬不已。不知是否再也無法忍受這種氣氛，某日，山神終於一籌莫展地開了口。

「母親，妳到底對什麼感到不滿？」

你問我有什麼不滿？當然是對所有的一切都不滿！她沒有如此大吼大叫，只是重重地放下筷子，站起身。

山神詫異地瞪大了眼，抬起頭愣愣地看著她。

山神出生還不滿一年，外表看起來已像個五、六歲的孩童。只不過，明明精神層面活得比自己更久，更是非人類，卻做出年幼孩子的表情，這一切都讓她發自內心感到不悅。

「母親，妳要去哪裡？」

「我去外面透氣，這裡的空氣讓人窒息。」她冷冷地說道。

山神困惑地移開了視線。

「去外面固然無妨，但不能離開神域。」

誰徵求你的意見了？她感到厭煩至極，踏著沉重的腳步，走出了岩石屋。

每當想要獨自靜一靜時，她總是來到神域邊界的鳥居，站在建造於石階上方的鳥居，能眺望龍沼和村莊。

她並不是想回村莊，因為即使回去，也不會受到歡迎，便何況，自己根本不想見到那些逼迫自己來到神域的村民。不過，無論如何她都想見心愛的男人一面。

他是否將自己完全遺忘了？還是已經和其他女人結婚生子？而自己卻在這裡產下一個根本不知何方神聖的怪物。想到這裡，不禁悲從中來，她把額頭靠在鳥居上，無聲地哭泣。

這時，耳邊傳來一道熟悉的聲音。

「妳，該不會是英子？」

她猛然抬頭，心跳狂奔加速。

「啊！」她難以置信，一時之間以為自己太過思念，產生了幻覺。

不過，眼前的男人顯然不是幻影，只見他急忙衝上石階，正是自己朝思暮想的人。

「幹哥……？」

「英子！」

英子埋進他仍然帶著農田氣味的粗壯手臂中，放聲大哭。

「我好想你、好想見你！我只愛你啊！」她抱住幹次郎，抽抽噎噎地哭訴道：「我只是淨個身，肚子就自己大起來，實在太噁心了！大家都說那是山神之子，但我根本不想生下那種東西。每天晚上都會做惡夢，繼續留在這種地方，我會發瘋的，我快受不了……」

「英子，我們逃走吧！一起到其他地方重新開始。」男人用力點頭提議道。

她緩緩抬起含淚的雙眸，發現那張臉比記憶中曬得更黝黑，也更強壯。

「村裡的人完全沒有為我們著想，既然這樣，我們也沒有義務幫他們。一起逃走吧！」

聽到幹次郎這麼說，英子也萌生逃離的念頭。

「好，我們一起逃走。」

「只要妳和我在一起，無論去任何地方，都可以過日子。」

他們緊握彼此的手，通過鳥居，準備衝下石階的那一瞬間——

「不行！」

這句話語剛落，耳邊響起好像富含水分的果實被捏爛的聲響，英子的視野頓時被染成一片鮮紅，一時之間，她沒有意識到發生了什麼事。

兩人的雙手仍緊握在一起，幹次郎的身體卻已癱倒在地，而她也跌坐在石階上。

英子惶惑地眨了眨眼，發現身上的白衣袖子都被染成了鮮紅色，帶著腥味的紅色水滴不停地滴落。

「幹哥。」

她吶吶地抖著嗓音喚著，定神一看，只見倒在身旁的男人……沒了腦袋。

英子厲聲尖叫了起來，甩開男人的手，顫抖地不斷往後退。

「剛才還抱得那麼緊，現在卻是這種態度，這個女人真是太無情了。」

巨猿怪物一甩手，就把幹次郎的腦袋給打飛。

「母親，妳沒事吧？」山神從洞穴內跑了出來，大聲慰問道。

「為什麼……為什麼……？」

英子像是意識錯亂般，不斷重複相同的話。

「妳不用害怕，巨猿是自己人，牠在神域巡邏。」搞不清楚狀況的山神，露出安撫的微笑，試圖讓她安心。「我聽說了，有壞人想要拐騙妳。不過，現在沒事了。」

看著一臉笑容可掬的山神，英子的內心徹底崩潰。

「壞人？你說他是壞人？他絕對不是壞人，你們竟然殺了他！」

突然被指責的山神，目瞪口呆地愣在原地。

「妳在說什麼……？」

「無法原諒，絕對無法原諒！誰是你的母親！你才不是我的孩子！」英子對著膽怯的山神淒厲地怒吼。「你這個怪物！」

諷刺的是，山神僵硬抽搐的臉龐，第一次看起來如此像人類。

「唉！完蛋了。」

幹次郎的頭好像球似地滾下石階，巨猿撿拾起來，單手把玩著走了過來。

「山神大人，很遺憾，這傢伙不再是玉依姬了。這件事請交給我來處理吧！」

巨猿示意其他猿猴，把臉色鐵青的山神帶回去。

待山神離去後，巨猿轉頭睨看英子，令人意外的是，巨猿眼中竟帶著一絲憐憫。

「雖然很同情妳，但這也是無可奈何。上吧！」

猿猴聽到巨猿一聲令下，接二連三地撲了上去，轉眼之間，英子的脖子就被狠狠撕裂，甚至無法發出尖叫聲。

快，快讓我死！不管誰都好，快殺了我！殺了我、殺了我！快給我個痛快！

沒有任何人前來拯救痛得滿地打滾的英子，她趴倒在地上，全身感受到痙攣般的疼痛，冷汗直流，痛得無法思考。

咻咻，咳噗咳噗！每次呼吸，不是嘴巴發出聲音，而是喉嚨產生空氣經過的聲響。她的動作漸漸遲鈍，終於瞭解到失去生命的感覺，竟是如此寒冷。

氣息奄奄之際，她聽見頭頂上方傳來談話聲。

「屍骸該如何處置？」

「死者無罪，埋了。」

她在逐漸昏暗的視野中，瞧見轉身走回洞穴的巨猿和手下的身影。

「真傷腦筋，山神尚未長大。」
「最近的女人都不像以前那般負責，希望下一任能好好完成任務。」
「即使有感覺不錯的女人，最近也都不想當玉依姬，真是煩透了。」
巨猿猛然停下腳步，轉頭望向英子。
「……這樣啊！」
這樣啊！
「原來還有這種方法。」
巨猿話音剛落，英子的眼前瞬間一片漆黑。

跟著猿猴來到神域後，她見到一名耀眼的美少年，正滿臉憔悴地低著頭。
「祂是神嗎？」
「對。」帶她來這裡的巨猿命令道：「妳是母親，必須養育祂長大。」
「是喔！」她嘀咕著，忍不住歪頭納悶。「不過，祂看起來和我年紀差不多，我當祂的母親，不覺得很奇怪？」

「這不是什麼問題，重點是在這座山上，那位神需要有個母親。」

說這句話的並非巨猿，而是站在山神附近的八咫烏族長。

「恭喜，從今日起，妳就是玉依姬。」

志帆驚醒過來，窗外的雨聲已完全聽不見。

她感受著平靜的心緒，難以想像自己能如此沉穩。睡前她帶著焦躁不安的心情，硬是逼迫自己躺下，但她明顯感受到現下全然不同。

來到這座山之後，做了許多意味深長的夢，剛才的夢境最令人匪夷所思。她似乎在俯瞰夢境中的一切，五感不時會和夢境中的女人同化。或許做夢就是這麼一回事，她卻在剛才進入睡眠時，體驗了好幾個人的人生。

她的理智告訴自己，這樣想很奇怪，不知為何，她就是覺得方才做的夢，是以前實際發生過的事。雖然毫無根據，不可思議的是，志帆確信那名美少年，就是山神原本的樣子。她回憶起山神憤慨無力地痛斥奈月彥是「叛徒」的樣子，和被說是妖怪時抽搐的模樣，如出一轍。

轉頭看向窗外，雨已經停了，天空漸漸露出淡紫色。

天快亮了！她心潮起伏，驀然感受到一股難以形容的焦躁，總覺得似乎會發生無可挽回的、令人毛骨悚然的事。

這樣真的好嗎？如果奈月彥真的殺了山神的話……？

「妳在煩惱什麼？」

志帆驚訝地霍然抬起頭，瞧見玻璃窗外一道久違的身影。

「……你可以出現在任何地方。」

「也不是任何地方，我無法進入那個神域。」

與之前在公車站相遇時一樣，銀髮少年的態度始終很漠然。

「照這樣下去，奈月彥他們真的會殺了山神嗎？」志帆輕聲問道。

「怎麼可能這麼簡單？」少年挑起眉，若無其事地說：「姑且不論山神，那個巨猿可是狠角色。能把烏鴉逼到這個地步的不是別人，就是那傢伙。」

巨猿現在應該正等著烏鴉採取行動吧！

「如果八咫烏失敗了，會有什麼結果？」志帆緊張地嚥了嚥口水。

「奈月彥本人當然會沒命，而他的同族應該也會被山神殺光吧！」

「怎麼會這樣！」

八咫烏痛徹心扉地呼喚夥伴的名字、抱著夥伴痛心大吼的聲音，仍然迴盪在她的耳邊。

儘管烏鴉並沒有特別照顧志帆，但他們也有感情，以及心愛的人。

「怎麼辦？是不是該阻止奈月彥？」

「妳勸阻也沒有用。」

「為什麼？」

「因為那些烏鴉即使知道這件事很危險，依然執意採取行動。」

少年冷靜的回答，讓志帆陷入絕望。

「這座山為什麼會變成這樣？以前不是這個樣子，不是嗎？」

少年聽了志帆的話，訝然地微瞠雙眸。

「不清楚。」他低聲嘀咕道：「雖然我不曉得妳為何會說這種話，若妳真想救烏鴉，還有其他方法。」

志帆此刻才發現，他腳下有一團白色東西動來動去——那是兩隻小狗。

「是我也能做到的事嗎？」

「只要妳對我說：『幫幫我！』。」

少年語畢，把一隻小狗抱了起來。

「如果我說了『幫幫我』，會發生什麼事？」

「我就能進入神域，然後……」他略頓了一下，摸著小狗的頭繼續說：「便能代替烏鴉誅殺山神。」

志帆略愣，漸漸理解這句漠然說出的話背後的涵義，不由得睜圓了杏眼。

「……你是要我求你殺了那個孩子嗎？」

「簡單來說，就是這樣。」

「等一下！」志帆不加思索地用手掌激動地拍著玻璃，叫嚷道：「如果山神原本不是現在這個樣子，其中會不會有什麼原因？怎麼能就這樣輕易地殺了祂？」

「我不清楚以前的情況。」少年露出一絲無奈的表情說：「不過，那個山神把女人作為人牲，奪走她們的性命，還把她們吃下肚，這是千真萬確的事實。」

向祂報仇是理所當然的事，否則那些被殺害的女人無法瞑目。

「我知道，這些事我都知道。」志帆嘴唇不停顫抖著說：「只是我無論如何都無法說出，希望那孩子去死……」

「妳心地真善良，妳要為揚言殺妳的傢伙乞命嗎？」少年露出了嘲諷的笑容。

志帆也搞不懂自己在著急什麼。

「不是這樣的！因為那孩子……」她的話脫口說到一半，恍然大悟地低喃道：「那孩子從來沒有說過想殺我……」

她的心臟用力跳了一下。雖然山神曾經威脅說要殺了她，但並沒有說「想殺她」；雖然大聲咆哮說要吞了她，但從來沒有說過「想吃她」。

志帆此刻才終於發現這個事實，不禁感到茫然。

「兩者有何不同？無論是要殺還是想殺，結果不是一樣嗎？」少年納悶地反問。

回想起來，山神在說「**要殺了妳**」或是「**要吞了妳**」時，每次都怒不可遏。如果祂真心喜歡殺人，會那麼生氣嗎？

她思考著山神怒氣的來源，發現是來自事情無法如願而感到挫敗。由於無法順心，當然會感到憤怒。反過來說，這代表祂對志帆和八咫烏抱有某種期待。

山神的惡言惡語都是威脅恐嚇，卻從來不是真的想要去做。

「原來那孩子並不是喜歡殺人……」

志帆覺得自己終於稍微能掌握，來這座山之後始終搞不懂、看不清的真相一角。不管怎麼說，畢竟也和山神共同生活了十天的時間。

一開始，自己對山神超越人類智慧的力量和可怕的外表感到懼怕，因此失去認清事實的能力。現在仔細思考之後，會發現山神的言行，根本就是不知該如何運用自己力量的小孩子在鬧脾氣。如今離開山神，才終於察覺到一個事實——祂只是個孩子，卻變成別人畏懼、討厭的對象，祂在為這件事鬧彆扭。

「那又怎麼樣？」少年不悅地質問，「即使山神並非發自內心想這麼做，也已經殺害很多人。如果妳現在不想殺祂，八咫烏就會被滅光，人牲的祭典也會持續下去。況且，妳也已經逃離神域，沒有資格要求拯救祂的生命。」

「是啊！你說的完全正確。」

然而，當志帆開始認為山神只是個孩子時，她就知道自己該怎麼做了。

「所以我要回去。」

少年驚愕地瞪大眼睛，眼珠子簡直都快掉下來了。

「……什麼？」

「仔細想一想，我雖然發誓要成為祂的母親，卻完全沒有做任何像是母親該做的事。」

面對不知道該怎麼運用力量的孩子，必須教導祂如何使用。如果孩子做了壞事，母親不糾正祂那是不好的事，還有誰可以教祂？

小狗從少年的臂彎中跳了下去。

「妳打算怎麼做？」

「這次，我要把祂視為自己的兒子，好好養育長大。同時，我想和祂一起向因為祂的力量而死去的八咫烏、猿猴和淪為犧牲品的女人道歉。」

志帆毫不猶豫地說出這些連她自己也感到驚訝的話。

「喂……妳到底在說什麼……？」

志帆突然改變心意，讓少年感到手足無措。當看到志帆的眼神後，祂突然恍然大悟地倒抽了一口氣。

「……我知道了，妳在這座山上待太久了。」少年倏地眉頭深鎖，大喝一聲：「妳趕快清醒！以妳現在腦袋渾沌的狀況，一旦回去，搞不好會送命。」

「也許我現在腦筋真的不清楚吧！但我是認真的。」

不知不覺中，兩個人的立場已完全顛倒，少年現在千方百計試圖阻止志帆。

「妳已經逃離了那裡，難道要因為一時的憐憫賠上自己的性命嗎？一旦妳現在回去神域，可能永遠都無法再見到妳的家人。」

事到如今，無論別人怎麼勸說，志帆都無動於衷。

「我完全不想死，所以根本不打算賠上自己的生命。雖然外婆可能會罵我：『當濫好人也該有個限度！』但我相信她能夠諒解。」

面對志帆的泰然自若，少年只能無奈地仰天，似乎表示自己投降了。

「不能原諒、不能原諒。她竟然又背叛了我……！」

躺在搖籃裡的山神不停怨嘆，怒氣完全無法平息，反而越來越強烈。

「這個女人真是太惡劣了。」巨猿一臉得意地附和，周圍完全沒有任何手下。

奈月彥躲在岩石後方，屏息窺伺著山神居室內的情況。

他的手臂隨著噗通噗通的心跳節奏劇烈抽痛，疼痛越來越強烈，指尖已沒有任何感覺。

只有一次機會！在日出之際，出其不意地殺了山神，自己的手下會對付巨猿。

想到自己必須單槍匹馬讓山神一刀斃命，奈月彥的手心不禁冒出汗來。由於燒傷的關係，右手的感覺已麻痺，僅能使用左手。

絕對不能失敗！手下都守在一旁，準備協助奈月彥。

太陽可以成為八咫烏的助力，希望日出之後，形勢能稍微對我方有利……

奈月彥暗自盤算，轉頭看向搖籃內時，卻發現山神突然停止了咒罵，同時聽到外面的猿猴鼓譟的聲音。**發生什麼事？**

只見一隻猿猴衝進山神的居室，向巨猿咬耳朵說了些什麼。

奈月彥第一次見到巨猿露出驚愕的表情。

「你說什麼？」

不知是否聽到猿猴說的話，山神詫異地雙眼厲瞠，急忙坐了起來。

「騙人！」說完，祂沒有借助巨猿的手，自己從搖籃內跳了下來。

雖然山神外表依然醜陋，但在不知不覺中，身體已變成像人類幼兒的大小。

「山神大人！」

山神連滾帶爬地跑起來，動作迅速得出人意料。巨猿還來不及追上，祂就已飛快地衝了出去。

奈月彥的手下眼看山神和巨猿紛紛離開，請求他的指示。然而事已至此，無法再按照原定計畫展開襲擊。奈月彥默默搖頭，命令他們暫時停止行動。

山神正準備前往神域的邊界，奈月彥尾隨祂走出昏暗的洞穴，發現天空從深藍色變成了朝霞特有的清淨柔和色調。

山神站在鳥居下方，俯視著長長的石階。奈月彥站在山神旁，順著祂的視線望去，發現有道人影沿著石階一級一級走上來。那個人穿著不合身的衣服，手上抱著一隻小狗。

那不是別人，正是此刻應該在天狗家，很快就能重返人類世界的少女。

太陽已從山頂探出頭，少女擦著汗，抬起頭看向他們。

「我回來了！我回來這裡了！」

志帆在燦爛的朝陽中，露出爽朗的笑容。誰能想到竟會發生這種事？除了奈月彥和八咫烏，巨猿也啞口無言，就連志帆微笑注視著的山神也愣怔在原地。

「為什麼……？」山神喘著氣囁嚅地問。

志帆終於走完石階，把小狗放在腳下後，挺直了身體。

「對不起，我不告而別！但我又自己回來了，你能原諒我嗎？」

難以想像眼前的志帆，和昨天之前那個整天提心吊膽的少女是同一人，她臉上的表情神清氣爽。反而是抬頭仰望志帆的山神，露出好像看到妖怪的表情。

回過神的山神，似乎無法對志帆要求原諒的話語充耳不聞，祂怔怔地眨了眨眼，接著皺起整張臉，露出尖銳的犬牙。

「好啊！當然能原諒妳！反正是妳自己特地跑回來送命，我想妳應該做好被大卸八塊的心理準備。」

奈月彥聽到山神的恐嚇，差一點拔出大刀。

然而，遭到威脅的志帆只是微微噘嘴，沒有絲毫的慌亂。
「不可以這樣。」
「什麼？」
「即使只是嘴上說說而已，也不可以說要殺人或是叫人家去死這種話！如果下次聽到你再說，我真的會非常生氣喔！」
志帆非但沒有感到害怕，反而雙手抱胸，開始嚴厲地數落山神。
挨了罵的山神似乎不知所措，露出犬牙呆愣的樣子，看起來十分愚蠢。
「……妳以為自己是誰啊？」
剛才始終沒有吭氣的巨猿向前一步，似乎要為山神助陣。
「我以為自己是誰？」志帆毫無怯色，理所當然地回答：「當然是這孩子的母親啊！這不是你們告訴我的？」
巨猿無言以對，陷入了沉默。
「好了。」志帆露出堅定的眼神，轉頭看向茫然若失的山神。「你要說對不起。」
「妳，妳說什麼？」山神微微顫抖地反問。

「我說，你要道歉！因為你做了不該做的事。做了壞事，就必須道歉！」

「開什麼玩笑，我為什麼要向妳道歉？」山神滿臉漲得通紅。

「誰說你要向我道歉？你道歉的對象是八咫烏！」志帆義正辭嚴地說道。

突然成為話題中心的奈月彥顯得相當錯愕。

「那是……因為他們讓妳逃走……」山神囁囁嚅嚅地說。

「並不是他們讓我逃走的，更何況即使是這樣，也不能成為你殺害他們的理由喔！不過呢，是我造成你的誤會，所以我也會和你一起道歉。」

「妳、妳，妳在說什麼……？」

「既然認為自己做錯了事，不是理所當然要道歉嗎？對方願不願意原諒是另一回事，但能否承認錯誤，才是自己應該思考的問題。你明明也不想殺那些烏鴉，不是嗎？」

志帆說話的態度，帶著微妙的確信。

山神沒有回應，卻能夠明顯感受到，霸氣從原本惡魔般的臉蛋上消失了，取而代之的是惶惶不安的表情。

「妳在說什麼蠢話，再不識相，我真的會殺了妳。」

「我已經說了，即使被人猜中心思，也不可以惡言相向。」

「少囉嗦！」

「我才沒有囉嗦。」

「住嘴！」

「我才不住嘴。」

「別說了！」

「我不要。」

「求妳別說了……拜託！」

最後，山神發出了苦苦哀求，祂連忙轉過身，跑向洞穴的方向，好像亟欲逃離志帆。

奈月彥的黑眸愕瞠，目送山神離去。

「因為我的緣故，導致你重要的夥伴失去生命，真的很抱歉。」志帆鞠躬歉疚道。

奈月彥怔怔地啞然無言。

志帆抬起頭後，露出嚴肅的眼神。

「不過，有件事想要拜託你，請將山神交給我來處理。」語畢，她便轉身去追山神。

奈月彥看著志帆離去，倏地發現原本發燙的傷口，在不知不覺中疼痛消失了。

「這下子可真的麻煩了……」巨猿在一旁沉思地嘀咕道。

志帆留下的小狗，在奈月彥的腳邊抬頭望著他，不停搖著尾巴。

她是怎麼回事？

山神為了掩飾內心的慌亂，在洞穴內邊跑邊咒罵，雖然怒氣沖天，卻被莫名的恐懼強烈地支配著全身。

可怕，可怕，太可怕了！

祂不明白為何會對那女人心生懼怕，感受到志帆隨時會追上來的氣勢，實在嚇人。

「不要逃！」

「不准過來！」

志帆越來越近的腳步聲，在洞穴內不斷地迴響。

「我有很多話要對你說。」

「妳有話要說，我可沒話想對妳說。」

「拜託你停下腳步，只要一下子就好。」

「少囉嗦！」

山神拚命想逃離志帆，很快就來到御手洗泉。

糾纏不清的她應該沒辦法追到水裡吧！

山神跑到水邊，縱身躍入清泉的最深處。周圍是一片碧綠的世界，吵鬧的鳥鳴聲和耀眼的朝陽頓時遠離，清澈的水不斷從底部湧出，冒出宛如月光般的水泡。山神撥開彷若螢火蟲漂浮而來的銀色水泡，繼續沉入無聲的水底。**這裡沒有魚類，永遠都是這麼寧靜。**

山神躺在宛如薄綢般搖曳的泥土上，吁出一口大氣，祂完全沒有想到，志帆竟然會自己回來。從志帆笑著說「**我回來了**」的那張臉，祂宛若看到以前曾經背棄自己的那個女人，才會如此驚慌失措、六神無主。

無論如何，必須讓焦躁的心平靜。就在祂這麼思忖時，如鏡般的水面乍然被打亂。

咚！隨著沉悶的聲響，水中冒出無數水花，金色光擴散開來，只見金光和水花中，出現一道嬌小的人影——沒錯，志帆也跳進水裡追了過來！

她竟然窮追不捨！山神心頭猛地一撞，脊樑骨竄起一股戰慄，慌忙地離開水底。

然而，祂回頭察看志帆到底打算追到何時，卻發現她仍然在跳水處掙扎不已，感到不對勁的同時，也發現了一件事——志帆溺水了。

「妳腦袋有問題嗎？」

山神急忙將志帆從水裡救起來，此刻她正臉色發白地用力咳嗽。

自己怎麼會對這種傻瓜感到害怕？祂頓覺前一刻的自己奇蠢無比，內心感到無奈。

「因為你一直待在水裡啊！」志帆咳得瞳眸漾著淚光，趴在地上仰起頭說：「根本沒打算浮上來啊！」

「不要把我和人類的小孩混為一談，我怎麼可能如此輕易就死掉？」

「我怎麼會知道！我真以為你溺水了嘛！」

她泛著櫻花粉的臉頰上，黏著濡溼的凌亂髮絲，也沾滿泥土。

陡然間，眼淚順著她的臉龐滑落下來。

「喂……」山神驚慌失色。

「我以為自己害死你了……」

志帆語畢，便放聲大哭了起來，簡直就像孩子一般。

山神見狀，覺得很不可思議，同時也感到手足無措。

「若妳自己也死了，不就失去意義了嗎……」

山神雖然洩氣，但不知何故，竟感到極度安心，祂不再畏懼志帆了。

「別再哭了！」

山神戰戰兢兢地在志帆旁邊彎下腰，笨拙地撫摸她的背。

「不要哭！」

周圍只聽得見泉水冒出的氣泡聲，以及志帆的啜泣聲。

過了許久，志帆用山神不知從何處取來的布裹住身體，用力吸著鼻子。

山神無所事事地坐在離她有些距離的岩石上，察覺到哭泣聲停止。

「冷靜了嗎？」祂依舊不敢正視她。

「謝謝你救了我……」志帆輕拭掉眼淚，頹然地笑道：「坦白說，我不是不會游泳，只是沒想到……身上穿著衣服就浮不起來……」

山神瞥了志帆一眼，尷尬地把頭轉到一旁。

「妳為何又跑回來？」

「因為我覺得你需要我啊！而且身為母親，我要教你很多事。」

「……要向烏鴉道歉嗎？」山神眉頭皺得更深。

「這是第一步。」志帆聳了聳肩，搖著頭說。

「為何要特地向他們道歉？」山神皺著臉，負氣地嚷罵道：「他們不聽我的話，沒有做好該做的事，我懲罰他們，到底有什麼錯？這是罪有應得的報應。」

志帆見祂說得如此理所當然，不由得沉默下來。

「……你聽我說，他們並不是工具，有自己的思想，有意志，也有心愛的人。如果你整天威脅要殺了對方，他們怎麼可能發自內心為你效命呢？」

「為何要討好地位比自己低的對象？」山神一臉難以接受地問道。

「這不是討好，而是對別人的體貼。」

「有何不同？」

「討好別人是基於算計，但體貼則是建立在溫柔善良的基礎上。」志帆一臉嚴肅地諄諄教誨。「任何人都無法獨立生存，所以我認為溫柔善良是和他人共同生活時，不可或缺的重要元素。」

「這是弱者的認知。」山神不以為然地冷嗤道：「我很厲害，可以獨立生存，根本不需要和別人相互扶持。」

「既然如此，你為什麼要求烏鴉和猿猴服侍你？」

「是他們說要侍奉我的。」

「既然這樣，當他們表示『不想這麼做』時，隨他們去就好。你卻因為他們沒有做好該做的事而指責他們，稱不上能夠獨立生活吧！」

山神沉默片刻，轉身面對志帆。

「那我問妳，烏鴉不也缺乏體貼，只是想要利用我嗎？他們以前承諾要為我效命，一旦發生問題，卻又躲回山內，多年不再露臉；然則現下又重新聽命於我，依然是為了他們自己。這難道不是算計嗎？」

山神主張自己無法善待叛徒的模樣，看起來很理智，完全不符合幼兒的外表。

志帆內心為能夠和山神好好談話感到高興，不過接下來才是關鍵，她暗中振作精神。

「這件事真的全是八咫烏的錯嗎？」她若無其事地反問。

「什麼意思？」

「你經常說他們是背叛者，但如果是你自己的態度蠻橫，導致他們離你而去，不是就不能單方面指責他們嗎？」

「難道……妳說是我的錯嗎？」山神立刻不悅地質問。

「我不瞭解當時的狀況，怎麼可能知道這種事？」志帆毫無怯色地回答。

山神呼吸一窒，很不甘願地閉上了嘴。

「所以我只是在提問，你真的沒有做出讓烏鴉決定背棄你的事嗎？」

「我做了什麼讓他們決定背棄我的事？」

「比方說，對他們亂發脾氣，或是很粗暴地對待他們。」

山神沉默地不發一語。

「從你現在仍會說出烏鴉地位比自己低這種話，顯然不是完全沒有問題。」志帆睨著祂一臉賭氣的樣子，苦笑著說：「看來你知道是什麼原因？」

「這很正常啊！我不覺得對待他們的方式有何不妥。」

「你其實對動怒慘殺烏鴉或是猿猴，並非毫無感覺，對不對？」志帆略頓，緊接著追問：「你真的發自內心認為，他們犯了非死不可的滔天大罪嗎？」

山神猶豫了片刻，灰心地閉上雙眼。

「我認為……他們是因為沒盡好本分，才會導致我做出那樣的行為，這是他們自作自受……但，我並不想要殺害他們。」

「我就知道。」

「不過，這也是無可奈何的事啊！我一旦生氣，就無法控制自己的力量，回過神後，就發現他們全都死了，自己也無能為力嘛！是他們的錯，他們不該惹我生那麼大的氣。」

一切都是無可奈何！山神一再重複這句話。

今天差不多該適可而止了。志帆心中暗忖著。

「那麼，先來解決你的壞脾氣吧！既然你也意識到這是問題所在，那就發揮耐心，改正這個毛病。」

志帆只是稍稍叮嚀了一下，便不再多說什麼。

山神似乎認為這並不需要改善，露出彷彿看到可疑事物的表情，直到聽到志帆說出「**我**

們一起努力」時，祂驚詫地微瞠雙眸。

「……和妳一起努力嗎？」

「嗯，對啊！」

從剛才山神不知所措地安慰她「別再哭」的嗓音，志帆就很有自信地認為，自己回來這裡是正確的決定，絕對不是錯誤的選擇。

「因為我已經成為你的母親，所以絕對不會離棄你。」

山神似乎無法全然相信，但還是像孩子似地，用緩慢的動作點了點頭。

現下祂的臉看起來，已不再像是皺巴巴的怪物。

「妳為何要這麼做？」

奈月彥等到山神熟睡後，便把志帆帶到岩石屋外。

面對他的質問，志帆一臉沉靜，整個人鎮定自若。

「因為這件事無法交給你們處理，你們夥伴遇害，已失去冷靜的心。不過，千萬不要自暴自棄。就算你們打算殺害山神，也不可能毫髮無傷，現階段還能夠靠溝通解決問題。」

奈月彥聽到「溝通」兩個字，慍怒地眯起黑眸。

「事到如今，妳以為還有辦法和他們溝通？」

他認為志帆的想法太天真，完全沒有面對現實，她不瞭解山神和猿猴的行徑，才會說出這種話，這是缺乏危機意識的人特有的荒謬想法。

「妳應該不瞭解八咫烏受到怎樣的對待吧？」

即使聽到奈月彥語帶諷刺的話語，志帆依舊沒有畏縮，只是露出好似哀痛的眼神，靜靜地凝視奈月彥。

「我的確不知道過去發生了什麼事，但也許正因為我無知，所以才說得出這種話吧……你們不也同樣一無所知嗎？」

奈月彥不明白志帆想要表達什麼？

「妳在說什麼……？」

「那我問你，你知道為什麼山神這麼痛恨你們嗎？」

奈月彥背脊一僵，下顎抽緊，彷彿有把冰冷的刀插進自己的心臟。

不知志帆如何解讀奈月彥的沉默，她只是急忙把山神的想法傳達出去。

「至少山神認為你們背判了祂。過去究竟發生了什麼事？」

志帆問到奈月彥的痛處，他想要反駁，卻一時啞口無言。

「……我不瞭解詳細情況，不過山神曾經殺害以前的八咫烏族長。」

「山神殺八咫烏族長的理由是什麼？」

「這……」

我不知道！我忘了以前所發生的事。

如果奈月彥知道，現下就不需這麼辛苦了，他只知一百年前，曾發生某起事件。

當時的金烏那律彥激怒了山神，導致禁門關閉，直到最近禁門重新開啟之前，八咫烏之間從來無人提及其中的緣由。照理來說，一出生就應該要擁有歷代金烏的記憶，但自己卻無法回想起這些事。

志帆看著奈月彥無法回答的模樣，露出銳利的眼神。

「難道你真心認為，那個孩子會毫無理由地痛恨你們嗎？」

奈月彥微怔了好半晌，才意識到志帆口中的「那個孩子」，指的就是山神。

「如果你隻字不提自己的無知，堅決認定那孩子只是腦筋有問題，莫名其妙地憎恨你們……」志帆疑問的言詞越來越犀利。「……那問題可能出在你們自己身上。」

即便說出事實令人痛苦，奈月彥也無法繼續保持沉默。

「然而，現實就是我們的人莫名其妙遭到殺害！怎麼有辦法原諒！」

志帆聽著奈月彥撕心裂肺的厲吼，斂起前一刻的氣焰。

「是啊！那件事的確是那孩子和我的過錯……如果你們無論如何都無法原諒，到時不管你們要做什麼，我都只能認了。」

對於志帆的平靜坦然，奈月彥訝然微瞠黑眸。

「等一下，我並沒有指望妳做到這種程度。」

「不，那是我的過錯，所以我心甘情願地承受。但是……」志帆揚起炯炯有神的眼眸。

「這件事與你所遺忘的，並非一碼子的事。」

奈月彥還來不及回答，志帆就朝他深深一鞠躬。

「拜託你！請給我一次機會。」

「妳說機會？」

「對，讓那孩子向你們道歉的機會。」

「……那個山神？我不認為會有這麼一天。」奈月彥心灰意冷地歎息道。

「的確會花一點時間，但絕對可以做到，我會賭上自己的性命完成這件事。」

這少女是認真的。當奈月彥發現這個事實時，才終於意識到，眼前這個女孩不是勉強被帶來這裡的活供，而是名叫葛野志帆的人。

奈月彥目不轉睛地凝視著志帆。

「拜託你，希望你們能再稍微等一段時間。」她眉心微蹙，雙手合十地懇求道：「至少到目前為止，你們的方法無法解決問題，不如死馬當活馬醫先交給我，如何？」

奈月彥陷入了長考，他原本就對誅殺山神，是否能夠改善眼前的事態感到存疑。志帆不瞭解推翻山神的來龍去脈，一切原由是自己和其他夥伴因咒詛而燒傷，所以不得不立刻採取行動。**眼前的少女卻提出新的選項**。

奈月彥掩過志帆的耳目，悄悄抓著右臂。不可思議的是，自從她回到神域之後，原本讓他痛不欲生的疼痛和灼熱竟然消失了。而且他還接獲報告，原本徘徊在生死邊緣的夥伴，也在相同的時間恢復小康狀態。

看來，目前已沒有理由貿然行動。

奈月彥是八咫烏族長，身為一族之長，當然對於慘殺同胞的山神和巨猿恨之入骨，很想立刻展開報復，讓他們體會超越死去同胞所承受的痛苦。

然而，不能因為憤怒讓更多八咫烏送死也是事實。

「我的方法無法解決問題嗎？」奈月彥低喃著，再度定睛看著眼前的少女。

能相信她嗎？她值得信任嗎？她還是個有些孩子氣的女孩，說的話也很天真。只不過，奈月彥那些不天真的想法，最終讓他失去了比自己生命更寶貴的同胞。

也許目前需要的，正是自己從沒想過、像她那般的天真想法。值得一賭！

「我接受妳的提議。不過，若不見改善的徵兆，我們認為已沒指望時，就只能弒神。」

志帆聽了奈月彥的回答，感到心滿意足。

「謝謝！這樣就夠了！」

從那天起，她在神域內毫無顧忌地自稱是山神之母。

志帆回到神域後做的第一件事，就是按照喜歡的方式改變居住空間。
奈月彥隔天來到神域，正好瞧見她綁起齊肩的頭髮，扛著捲起的涼蓆走在通道上。
「妳在做什麼？」
「搬家啊！我要和那個孩子一起睡。」
「搬家？」出乎意料回答，讓奈月彥感到訝異。
「對。啊！我有件事想拜託你。」志帆語調開朗地說。
「什麼事？」
「之前我一直很忍耐，但涼蓆鋪在岩石上，躺起來真的滿痛的……」志帆一臉嚴肅地說：「我之後要在這裡長住的話，想要床墊之類的東西能鋪在下面。而且夏天的話問題還不大，到了冬天，只有一張涼蓆也有點吃不消。」
奈月彥聞言一時語塞，答不上話來。
在理解到這名少女打算久住的同時，他才發現自己先前僅是單方面要求她生活於此，竟然完全沒為她著想。若是同族的少女，自己一定會在各方面更加盡力。
「不行嗎？」志帆看著奈月彥陷入沉默，愁眉苦臉地問。

「不，我會立刻張羅。若還有其他要求也儘管說，不必客氣，我會盡力而為。」
志帆訝然地杏眼圓睜。
「你好像突然變得溫柔體貼了。」
「我只是在反省自己。雖然妳會覺得有許多地方做得不夠周到，但其實我們都不希望妳有什麼三長兩短。」
奈月彥的話一出口，才驚覺之前一直把志帆當囚犯的自己，沒資格說這些話。
然而，志帆感到很安慰，露出滿面笑容。
「太好了！那我還想要一套烹飪器具。這裡可以用火嗎？」
意想不到的要求，再度讓奈月彥感到錯愕。
「若山神同意的話，並非不可能……只是妳要在神域下廚嗎？」
「我不瞭解你們和山神的情況，但人類三餐都只吃飯糰，遲早會送命。」
「志帆大人，真是抱歉！我也會馬上備齊其他東西。」
看著為自己思慮不周而歉疚的奈月彥，志帆顯得很欣慰。
「我問了之後才知道，原來那孩子不吃也沒關係，因此沒有進食的習慣，並非不能吃。

既然現在有這樣的條件，我想到可以一起下廚做飯。」

當意識到志帆說的「**一起下廚**」，是指「和山神一起下廚」時，奈月彥不禁愣然愣住。

「準備食材和烹飪器具會很花時間嗎？」志帆見狀，連忙擔憂地問。

她完全搞錯該擔心的事。奈月彥將已到嘴邊的話嚥了回去，下定決心交給她處理。

「不，我會按照妳的要求安排妥當。」

「謝謝！」

他接過志帆手上的涼蓆，扛在肩上，來到山神的居室，發現整個氛圍與之前迥然不同。

最令人驚訝的是，房間內有陽光照射進來，室內變得明亮起來。

奈月彥先前完全沒發覺到這房間竟然有採光窗戶，而志帆應該是從一大早就開始改造。

她在以前當作水壺使用的竹筒內，插著淡紫色蝴蝶花放在窗邊。先前從天花板垂下的帷幕也全拆掉，被堆在門口，旁邊還放了一把掃帚，看起來像是志帆用撿來的樹枝做成的，原本滿是沙子和灰塵的地板，現下也都被清掃得十分乾淨。

而這個房間的主人，由於會影響打掃，搖籃被移到房間的角落，只見祂正一臉茫然地端正坐在搖籃中。

「你聽我說，奈月彥說會借我烹飪器具！」志帆愉悅地對山神說：「只是如果在房間內煮飯，室內可能會燒起來。等一下你再告訴我，哪裡可以用火喔！」

「烹飪器具……」

「你現在還太小，等稍微再長大一點，也要來幫我的忙。」

「幫什麼忙？」

「做飯啊！」

「我嗎？」

「除了你還有誰？」

山神滿臉錯愕地望著志帆，露出彷彿遇見世界末日的表情。

奈月彥做夢也沒有想到，自己竟然會對深惡痛絕的山神產生同情，他默默放下涼蓆。

志帆扠腰打量著室內，沉吟了片刻。

「還有很多灰塵……奈月彥，那些原本掛在天花板上的髒布能拿來當抹布嗎？」

妳自己決定就好。奈月彥內心哭笑不得地回答。

翌日，廚具和食材送過去後，志帆便開始動手烹煮，第一次嘗試做的是鹹粥。

站在八咫烏搭建好的簡易爐灶和料理臺前，志帆一個人大顯身手，起初大菜刀使用得不太順手，但她很快就掌握訣竅。切完烏鴉準備的所有白菜，她用油快炒蔬菜後熬湯，再將浸泡在水中的生米加入熬煮。等到生米即將煮熟時倒入白菜，接著把裝在鐵勺內的味噌微烤後放進鍋內，最後打了蛋花。

難以想像可以在臨時搭建的廚房，看到這麼出色的手藝。

「煮得不是很好，爐灶的火候不好控制，高湯也不夠鮮美，如果有肉就好了。」

「……明天會讓人送雞過來。」

整個料理的過程，奈月彥也在一旁作陪。雖然志帆說「煮得不是很好」，但吃進嘴裡的鹹粥帶著味噌的香氣，十分美味可口。

志帆不由分說地遞了一碗鹹粥給山神。

山神一邊吃著，一邊露出困惑的眼神看著志帆。

「為何要大費周章做這種事？我根本不需要吃飯。」

「不管需不需要，吃飯都是心靈的營養。是不是很好吃？」

山神無言地苦著一張臉。

「這種像露營的感覺，也很開心啊！」

志帆的神經大條，令奈月彥暗自嘖嘖稱奇。

在志帆回到神域之後，奈月彥經常有機會與山神接觸，原以為巨猿會抱怨志帆在神聖的清泉旁燒火，豈料包括巨猿在內的其他猿猴都不見蹤影。

此外，猿猴似乎很忌諱，志帆帶回來白色日本犬。志帆都叫牠莫莫，牠是一隻天不怕、地不怕的狗。無論是山神還是巨猿，牠都會主動靠近，即使再怎麼驅趕，也都毫無怯色。

然而，巨猿從來不會主動靠近莫莫，偶爾擦身而過時，那些猿猴一看到牠，都會不悅地皺起眉頭，轉身飛也似地離開。

另一方面，莫莫和山神竟然建立起出色的主從關係。

當志帆問山神，她是否能飼養這隻狗時，山神興趣缺缺地睨向小狗，莫莫則微歪著頭盯著山神看，沒有搖尾巴。過了好半晌，山神淡淡地說了聲：「隨便妳。」便轉過頭去。

這簡單的過程，似乎就讓一神一犬之間建立起某種默契。

從那天起，就算山神不理會莫莫，倒也不會凶牠。而莫莫也不畏懼山神，反而表現出對山神的景仰。儘管只是隻幼犬，卻似乎清楚明白山神是群龍之首。

無憂無慮的志帆瞧見莫莫總是和山神保持一定距離，尾隨在祂身後的模樣，時常忍不住歎道：「你們感情這麼好，真是太好了。」

儘管奈月彥已決定將山神全權交給志帆，她顧前不顧後的行動，經常讓他惴惴不安。不過，事態的發展，比奈月彥想像中更早出現——山神的外形有了明顯的變化。

和志帆一起生活後，山神的外表越來越有人的模樣，而且成長的速度也令人瞠目。

志帆剛回到神域時，山神的體型差不多是人類兩歲左右的孩童，滿臉皺紋，長得像猴子，還一臉凶相，醜陋無比。

與志帆一同用膳的第三天起，祂臉上的皺紋幾乎消失。到了第五天，原本削瘦的臉龐逐漸圓潤起來。十天之後，身體成長為五、六歲大的孩子，膚色也變得富有光澤，稀疏乾澀的頭髮逐漸濃密，如今像絹絲般閃耀光澤。

仔細觀察後發現，山神的髮色十分與眾不同，整個人完全擺脫了妖怪的外形，與普通人相比，更像是出色的美少年。志帆當然不可能沒有察覺到如此明顯的轉變。

「你變得超級可愛吔！」她目不轉睛地盯著山神讚歎道。

「別說了！」山神面露不悅地拒斥。

「我是在稱讚你啦！你為什麼這麼不高興？」

「……所以妳覺得外表好看很重要嗎？」山神語帶試探地問道。

「沒有啊！」志帆毫不在意，十分乾脆地回應道：「別忘了！當我決定成為『母親』時，你可是長得像河童的木乃伊。外表當然不重要啊！」

山神一時之間啞然無言。

山神當然無言以對。在一邊聆聽他們對話的奈月彥，暗忖道。

志帆在決定回到神域前，早已見過山神最醜陋的樣子，因此有極大的說服力。

「只不過，既然可以選擇，當然是外表好看更加賞心悅目嘛！」

「……即使這樣，人類還是會說我像妖怪。」

「什麼意思？」

志帆不停地苦苦追問，原本不想多談的山神終於拗不過她，吶吶道出其中原由。

「現下已想不起過往的事……不過，我仍然記得初次發現自己和人類不同時的情景。那是比妳早好幾代服侍我的女人，當時我的外形和現在很相似，女人也經常稱讚我。」

豈料，原本感到喜悅的女人，態度卻漸漸變得詭異。

「由於女人的年紀持續增長，而我的外表卻完全沒有變化。」

共同生活期間，她察覺到普通人和山神之間有著決定性的差異，經常露出難以形容、五味雜陳的神情。

「一起生活幾十年的女人，竟然在臨死之前說：『你果然和我不一樣』，我當然不可能沒有想法。」

從那次之後，前來侍奉的女人們，態度也開始有了轉變。

「那些女人越來越自私任性，甚至拒絕伺候我，說什麼不想養育妖怪。」

明明是人類自己提出的請求。

山神不滿地嘟嘟囔囔，祂低頭訴說往事的臉上，似乎重疊了先前醜陋的面貌。

「……所以我討厭現在的外表。即便稱讚我有多漂亮，我若永遠維持這容貌，還是會讓人感到懼怕。若能夠選擇，我也希望能夠慢慢老去。」

也許祂之前的滿頭白髮和滿臉皺紋，並非是像猴子，而是反映內心的想望。奈月彥若有所思地忖度著。

志帆聽完山神陳述，露出一絲狐疑的表情。
「我覺得第一個說這些話的女人，應該不是因為覺得你可怕……」
「妳怎麼知道？不要說這種一廂情願的話。」山神冷冷地否定她的意見。
「我很喜歡花喔！」志帆用指尖抓著臉頰，突然改變了話題。「只不過，所住的公寓很狹小，園藝對我來說，根本是遙不可及的夢想。」
山神聞言，錯愕地不停眨著長睫毛。
「園……什麼？」
「園藝，就是種花弄草。如果說『種東西』，你是不是比較聽得懂？」
「妳是說『作庭』嗎？」
「應該就是。」志帆打了一個響指，輕笑出聲。「我住的公寓沒有庭院，最多只能在陽臺上種幾個盆栽。當考上中學後，外婆送了我一盆，是我相當珍惜的寶貝。」
那便是山茶花的盆栽。
「山茶花會綻放美麗的鮮紅色花朵，如果可以，我很想把它插在花瓶內一直欣賞。只是那盆花太大了，無法放在房間內，而且每年都只開出幾朵而已。」

把僅有的幾朵花摘下來，實在太可惜了。

「山茶花有時不是會整朵掉下來嗎？我都會撿起來，放在裝了水的小碗內。」

奈月彥想像陶碗內盛裝透明的水，鮮豔的山茶花浮在水面的模樣。**那一定很美吧！**

「我當然知道，那並不是山茶花善解人意體貼我，但每次把掉下來的花放進碗裡時，我都會忍不住心想：『**真是善解人意的花啊！**』。」

山神默然不語，志帆隨即露出溫柔的眼神，凝視著祂。

「有人會認為山茶花那樣掉落很不吉利，我卻認為那種毫不留戀的乾脆，更顯精彩。正因為這個理由，山茶花是我最喜歡的花。」

驀然，志帆露出嚴肅的表情，嗓音卻十分輕柔。

「……你活著的方式，只是和山茶花一樣罷了。」

山神猛然抬頭看向志帆。

「有人覺得山茶花掉落的方式很不祥，卻也有人認為很出色。」她充滿真摯地柔聲道：「也就是說，人並沒有那麼單純，無法輕易斷言『每個人都這樣！』。」

山神一動也不動地專注聆聽著志帆說話。

「你必須牢記，至少我不會覺得你可怕。」

志帆對著一言不發的山神嫣然一笑。

「你不要自卑，要活得抬頭挺胸。因為你和我最愛的花一樣美麗，且善解人意，是我引以為傲的兒子。」

那天之後，志帆便為山神取了代表山茶花的名字——椿。

當山神的身體稍微長大之後，志帆如同之前所說，讓椿也和她一起下廚做飯。

「即使退一百步來看，我能夠開始吃飯了，為何還要我做這種下人在做的事？」

「椿，你剛才這句話等於和全世界所有主婦為敵。」

志帆微瞠杏眼地瞪著百般抵抗的山神，硬是把菜刀塞進祂手上。

「所有的母親都希望充滿母愛地做飯給兒子吃，才會這麼努力。而她們竟然被你說成是下人，簡直太離譜了。」

「這樣的話，妳自己做不就得了嗎？為何連我也要一起？」

「因為我以前也會和我媽媽一起做菜啊！」

「……妳媽媽現在還好嗎？」山神頓時面無表情地反問。

「在我十歲時，她和我爸爸都意外身亡了。雖然並不是我爸媽的過失，但他們不幸發生了車禍。」

志帆告訴山神，自從父母離開後，她和外婆就輪流下廚煮飯。

「現在回想起來，也覺得我媽媽是全世界廚藝最好的人。我也是在當媽媽的小幫手時，學會做菜的。所以之前一直在想，如果我以後生了女兒，也會要求她一起幫忙。」

「我是男的。」

「以後男生也要會下廚啊！好了，廢話少說，趕快動手！」

祂一臉難以理解自己為何要拿著菜刀切菜。

山神切胡蘿蔔的動作，讓人看得提心吊膽，而志帆雖然動作俐落，但想要切南瓜時，菜刀卻卡在裡面拔不出來。

「這下可好了。」

「我來試試。」

奈月彥看不下去，從志帆手上接過菜刀後，輕鬆地將南瓜切成兩半，還用刀肩挖除瓜瓤和種子，並切成均等的大小。

「切好了。」

奈月彥轉頭把菜刀遞還給志帆，她看得目瞪口呆。

「太令人驚訝了！原來你會下廚啊！」

「我曾經在人類世界生活過一小段時間，並在天狗那裡學會了下廚。」

「真好，居家的男人太帥了！」志帆頻頻點頭讚歎道

緊握菜刀的山神，露出難以名狀的表情凝視著她。

志帆回到神域之後，山神便不再對八咫烏惡言相向。不僅如此，看到奈月彥時，祂還經常尷尬地轉過頭，這讓奈月彥隱約感受到氣氛和之前不太一樣。

雖然雙方在志帆的陪同下近若咫尺，卻從來沒有直接說過話，感覺兩人都在等待機會，突破眼前的現況。

只不過，在握手言和之前，無論如何都必須先解決一件事。

「志帆，我想拜託妳一件事。」

奈月彥把委託天狗從人界買來的東西交給志帆時，提出了請求。

「什麼事？只要是我力所能及的事，都儘管開口，因為一直受到你的照顧。」

看到志帆笑容可掬的模樣，奈月彥下定了決心。

「……我的同胞之前受山神的怒氣波及，目前仍徘徊在生死邊緣。」

志帆漸漸斂起含笑的嬌顏。

「我之前就聽說有人活了下來……情況沒有改善嗎？」她輕聲問道。

「儘管沒有惡化，但依然很不樂觀。」奈月彥頷首沉重地回答。

自從志帆回來之後，遭到山神詛咒侵蝕的同胞，傷勢雖然沒有繼續加劇，卻也沒有恢復的跡象。之前就預料到會有這種情況，但無論進行任何治療，都完全不見效。

志帆一時說不出話，無力地搖了搖頭。

「對不起，我完全不知道會這樣，竟然……」

「不，多虧了妳，神域的狀況的確改善了不少。我不是想要妳道歉，只是希望山神能治療我的同胞。」

「治療？要讓椿治療嗎？」志帆杏目睜圓，訝聲問道。

「那些並非普通的傷，我打算改天親自拜託山神，只是……能否請妳先不經意地向山神提起這件事？」

由於奈月彥經常出入神域，先前所受的傷已漸漸痊癒。他認為若是因待在山神身邊帶來的療效，那麼只要祂願意，或許也能治好重傷的同胞。

是山神導致八咫烏同伴受重傷，因此應該也是拯救他們性命的唯一。**若山神有這樣的能力，無論如何，都希望祂願意伸出援手，即使被山神痛恨也在所不惜。**

志帆和奈月彥相視無語，片刻後，志帆內心似乎有了想法，她沒有多說什麼，只是用力點了點頭。

「好，我來跟祂說。」

當天，志帆就與山神談起這件事，起初祂猶豫不決，不過在志帆的強烈要求下，最後同意接受八咫烏的請託。

一旦決定，當然越快進行越好。隔天，奈月彥就把受傷的同胞帶來神域了。

山神在禁門前的大廳，準備為遭到詛咒侵蝕的八咫烏進行治療。

八咫烏從禁門的另一端出現時，志帆就感覺到空氣瞬間一變，周圍瀰漫著令人不舒服的氣味，神域清淨的空氣頓時變得混濁不堪。

之前聽奈月彥說明情況後，志帆原本已做好心理準備，沒想到倖存的八咫烏情況比她想像中更加危險。

重傷者躺在榻榻米上被抬了進來，他意識不清只能發出呻吟，全身的燒傷的傷口都化了膿，繃帶全被染成咖啡色。而抬著榻榻米進來的八咫烏表情都很緊張，還有一名年輕女人陪同在側。

「她是我的表妹，名叫真赭，一直負責照顧重傷者。」

志帆發現真赭的嬌美面容，的確和奈月彥很相似。

真赭原本是位亮麗美女，有種宛如雨中牡丹般的豔麗，然則此時的她卻滿臉疲憊，長長睫毛下的水眸紅腫，讓人看了於心不忍。

「真的很……」

志帆不住地顫抖，想要鞠躬道歉，真赭卻輕輕伸手制止她。

真緒一臉毅然地搖著螓首，不知說了什麼，志帆還來不及阻攔下，她就當場磕了頭。

「請不要這樣！」志帆驚惶地喊道。

真緒仍然深深叩首在地，一動也不動。

「她剛才說什麼？」志帆急忙轉頭對著奈月彥問道。

「請無論如何救救他，只要能夠救他一命，我別無所求。」奈月彥一臉沉鬱地說。

志帆一時語塞，站在真緒身旁的奈月彥，倏忽跟著躬身。

「我也拜託了。」

「椿……」志帆難過地轉身瞥向站在自己身後的椿。

當椿看到榻榻米上的八咫烏時，臉色十分鐵青，一直沉默不語。

「有希望治好嗎？」

「……不清楚，我從來沒做過這種事，只能姑且一試。」椿啞聲回應。

抬著患者走進來的八咫烏，將榻榻米置於地上後，便退到了後方。

椿戰戰兢兢地走向重傷者，簡直就像怕傷者會突然反咬自己一口似的。全身包滿繃帶的八咫烏，並沒有察覺山神的靠近。

椿俯首盯著八咫烏痛苦起伏的胸口，倏地白色袖子一甩，把自己的手掌放在傷口上。

「快痊癒！」

當祂明確地出聲發念時，瞬間可感受到一股壓迫的力量，四周的空氣也漸漸濃烈起來。

「快痊癒！」

簡直就像有一隻無形的手重壓下來，空氣中帶著電，令人汗毛直豎。

「快痊癒……！」

椿的嗓音變得低沉，在岩石屋內產生了回音。

呼吸困難、耳朵嗡嗡作響，志帆的眼角瞟到真赭緊握雙手在祈禱。她並沒有責備山神，也沒有怒目相向，只是默默懇求山神救回她重要的人。

整個空間蓄滿了沉悶的力量，不知過了多久，或許只有幾分鐘而已，卻彷彿經過好幾個小時，岩石屋內的壓力陡然消失。

結束了嗎？

椿搖搖晃晃站了起來，向後踉蹌地退了兩、三步。

真赭快步跑向重傷者，用顫抖的手拆開繃帶，但躺在那裡的八咫烏依然發出痛苦的呻吟，燒傷的傷口未見任何改善的徵兆。

真赭見狀，沒有回頭看一眼，抱著那隻肉已發黑的手，瑟縮著身體——她在哭泣。

椿一臉茫然地看著哀痛欲絕的真赭。

「沒辦法……」祂低喃的聲音，幾乎快聽不見。「我做不到……」

「椿！」志帆輕聲呼喚著。

椿沒有回應，轉身就衝了出去，好像要逃離失望的八咫烏。

「椿，等一下。」

志帆隨即追了上去，中途發現椿不知去向。

岩石屋內的空氣令人窒息，戶外卻天空明亮，是一片清澈的水藍色。初夏的微風涼爽宜人，讓人誤以為前一刻的沉悶氣氛是在做夢。陽光穿越色彩鮮豔的嫩葉，在碧綠的泉水表面反射出粼粼波光。

「祂跑去了哪裡……」

志帆停下腳步，擦拭著額頭的汗水，倏然有一團白色的毛球跑到志帆腳下。

「莫莫。」

這隻小狗好像也配合著椿的成長，一下子變大了許多。剛到這裡時，耳朵垂得低低的，現在已經很有精神地豎了起來。原本走路時常跌跌撞撞，現下腳步非常穩健。

莫莫發現志帆看向牠之後，立刻轉過身，好像在示意志帆跟牠走。只見牠小跑步地繞過清泉，志帆連忙尾隨牠來到大岩石背後，發現那裡十分涼爽。

「椿……」

椿抱膝蹲在那裡，即使莫莫舔祂的臉，也絲毫沒有反應。

志帆不知該對祂說什麼。**椿絕對是真心想要治好八咫烏……即使這樣，仍無法如願。**志帆猶豫了半晌後，一句話都沒說，僅僅在椿的身旁坐了下來。

莫莫困惑地望著志帆的臉，她溫和地撫摸牠的頭，告訴牠：「沒事！」

好安靜！吹動樹梢的風拂過志帆和椿的髮絲，八咫烏並沒有追過來。

片刻後，椿用虛弱的嗓音喚著她。

「志帆。」

「嗯？」志帆柔聲回應。

「即使我不是山神，妳也會留在我身邊嗎？」

「不管是不是神，你都是我兒子，這件事永遠不會改變。」志帆不加思索地回答。

志帆以為自己的語氣十分硬聲堅定，然則說出口的聲音，卻比想像中更加沉靜。

「志帆，我該怎麼辦？」椿深歎了口氣，幽幽地說：「身為神，我可能缺少了一些重要東西。」

「重要的東西嗎？」

「有時我會因為憤怒而失去自我。」椿滿臉鬱悶，頷了頷首說：「之前一直認為這樣很好，完全沒有任何問題。」

我卻沒辦法靠自己的力量，修復這些被我摧毀的事物。

「我想試著去做，才發現無法做到。這樣不行，這樣的我不夠完整！」

看著椿心浮氣躁地抓著白髮，就像不滿意自己作品的陶匠。

「椿，你聽我說。」志帆跪坐到椿的面前，柔聲道：「不管你是不是完整的神，我認為都沒有問題。」

椿滿佈沮喪的臉龐，揚起一抹苦澀的笑。

「妳這麼說，固然讓我得到了救贖，也同時令我感到痛苦，因為這件事對我很重要。」

「我不是這個意思……」志帆咬著嘴唇，溫聲道：「我想說的是，即使你是完整的神，也不要誤以為自己無所不能。」

志帆來這裡之前，就覺得世界上不可能有各方面都全知全能的神。在實際遇見山神和八咫烏之後，這種想法非但沒有減弱，反而更加強烈。

也許，在某個地方確實存在接近無所不能的神，只不過志帆確信，至少椿並非如此。

正因為這樣，自己才會回到這裡。

「在這個世界上，絕對有無論如何都無法挽回的事，只是程度不同。我認為，對神還是人類來說，都是一樣的。」

遺失的東西無法再尋回，這個世界幾乎不存在失而復得這種事。

「不過，在鑄下無可挽回的錯誤後，只是怨嘆：『早知道不該這麼做！』根本無法解決任何問題，不是嗎？」志帆略頓了一下，叮嚀說道：「當然，反省很重要，可以避免重蹈覆轍。但對你來說，最重要的並不是哀歎自己並非萬能。」

「不然是什麼？」

「你想一想自己目前力所能及的事。」

「我力所能及的事……」

椿喃喃重複志帆說的話，陷入了茫然，一時之間無法理解志帆的意思。

然而，志帆認為椿是否能夠自我覺察，才是最關鍵的。

椿的雙手抓緊衣服的下襬，雙眼直勾勾地瞪著膝蓋，然後誠惶誠恐地抬頭看著志帆。

「我想再試一次……我還不想放棄。」

「好，那我們回去吧！」

雖然這和志帆所想的正解稍有不同，既然椿自己決定要再嘗試一遍，也算是一種進步。最重要的是，若能治癒重傷的八咫烏，當然是再好不過的事。

兩人回到昏暗的岩石屋，發現巨猿難得出現在出入口。

巨猿似乎在和八咫烏說話，一看到莫莫也跟在身後，立刻向椿行了一禮，沒有交談，便匆匆離開。

「可以讓我再試一次嗎？」

奈月彥本以為無望了，和真赭兩人滿面愁容，當看見志帆和山神又走回來時，倍感意外地眨著眼睛。

「當然，拜託了。」奈月彥立刻回應，旋即離開重傷者。

椿再度在傷者面前使用力量，祂比剛才更認真地發念。

快痊癒！快痊癒！還是沒有任何改變。

「快痊癒……」

在場的所有人都已露出灰心哀痛的表情。

「快痊癒啊！」椿焦急地顫抖著嗓音。

志帆靜靜走向祂的身旁，低頭看著八咫烏，他的身體沒有任何變化，從繃帶縫隙露出的皮膚慘不忍睹。**他會受這麼重的傷，自己也有責任。**

「對不起……」

志帆愧歉地雙膝跪地，用顫抖的手碰觸八咫烏，驀地他發出淒厲的呻吟，抽搐地扭動著身體。志帆以為自己碰到他的傷口，慌忙移開手。

啪嘰！彷彿有什麼東西在空氣中迸裂。

椿猛然抬起頭。

不知從何處吹來的和風，把混合血和膿臭味的混濁空氣一掃而光。**難道是拂過清泉水面的風，把清淨的水氣帶來這裡嗎？**空氣中噗咕噗咕地冒出許多肉眼無法看到的水泡。

志帆愕然地看著，剛才自己碰觸過的八咫烏手臂上，出現了許多青白色的光粒。光粒飄浮在傷者的傷口上，簡直就像螢火蟲聚集在清澈的溪流。

之前在月夜中看過御手洗泉的水泡，現下似乎飛來這裡，昏暗的洞穴頓時變成明亮的碧綠水底。陷入這種錯覺之際，她又聽到啪嘰一聲，那是巨大水泡迸裂的聲音。

志帆一時搞不清楚狀況，只知道原本無力地躺在榻榻米上的八咫烏，已不再痛苦。

真赭最先回過神，衝到重傷者身旁，顫抖著手拆開繃帶，當瞧見底下的皮膚時，她驚叫出聲。只見傷口不再血肉模糊，膿也消失了，粉色的皮膚雖然隆起來，但傷口早已癒合，呼吸也變得平靜穩定。無論是誰都能夠確定，傷者終於脫離了險境。

真赭發出雀躍的歡呼，然後抱著他放聲大哭。

志帆難以相信眼前發生的事，茫然無措地站在原地。

「志帆，是妳治好的……」椿乍然驚呼了起來。

是妳治好的。山神深有感觸地重複這句話，片刻後，表情逐漸變得開朗。

「等一下，我什麼都沒做。」志帆感到莫名其妙，大聲反駁。

椿露出從來沒見過的興奮表情。

「妳怎麼可能什麼都沒做？大家都看到了。是妳治好了他的傷！」

志帆以求助的眼神望向奈月彥，他也是一臉驚愕，卻還是明確地向志帆點了點頭。

志帆見狀，更加困惑不已。

「但是，為什麼……？」

「沒什麼好奇怪的啊！因為妳是山神的母親，擁有治癒的能力，那就是我所欠缺的力量。」椿欣喜若狂地說：「我終於知道了，缺少的那個部分，就是妳！母親大人，只要有妳在我身旁，我就什麼都不怕了。」

說完，椿緊緊地抱著志帆。

第四章　追查

「所以要暫時停止進口這項商品嗎？」

「對，因為在山內無法發揮任何作用。」奈月彥語氣平靜地言明事實。

天狗面具下的大天狗，忍不住咂了嘴，覺得他說話真不留情面。

他們位在山內與外界的交界處，也是天狗和八咫烏進行交易的朱雀門一隅。

朱雀門前的寬敞區域，是為方便洽談生意和挑選商品所設置，大型貨物在這個鑿岩而成的巨大空間進進出出，乍看之下，有點像人界的大型倉庫。

不過，八咫烏和大天狗談生意的角落，裝潢得十分華麗。驗貨臺旁放置了古董桌椅，令人聯想到受西方影響的文明開化。地上鋪設的紅地毯不像是八咫烏的喜好，八成是幾代之前的大天狗帶來的。

「別說得好像是我們的過錯，我們可沒賣瑕疵品給你們。」

大天狗說得咬牙切齒，拿起原本能順利交易的商品——自動霰彈槍。這絕對是新品，運來這裡的幾分鐘前還油黑發亮，如今槍身鏽跡斑斑，令人擔心隨時會走火，甚至不敢試槍。

八咫烏預想遲早會與猿猴、山神發生抗爭，從很早之前便提出想要購買人界的武器。然而，即便嘗試了各種方法，武器一旦接觸到山內的空氣，還是立刻就成了廢鐵。

「不確定是否因為守護山內結界的關係，才會變成這樣。」

「所有武器都不行，完全沒有例外。奶油抹刀沒問題，若是菜刀一拿進山內，就好像泡了水的仙貝一樣。」

「不幸中的大幸，至少目前暫時不需要武器。」

志帆回到神域大約三個月，聽說山神現在變得很溫順，與八咫烏一族也幾乎和解。

儘管猿猴安分得令人戒慎恐懼，但只要志帆在山神身旁，祂的情緒就不會失控。

「真是太好了。」大天狗略鬆了口氣說道。

「希望山神能順利繼承御靈……」奈月彥不置可否地頷首。

在欠缺記憶這件事上，他和山神有相同的煩惱，十分能感同身受。

「話說回來，這裡的戒備怎麼突然變得更嚴密？」

猿猴和山神慘殺了八咫烏的同胞，造成人心惶惶，警備比之前更加壁壘森嚴。只見從大廳到通往山內的紅色大門，站了一整排神色冷肅且緊繃的重裝備士兵。

大天狗發現與八咫烏建立良好關係的自己，似乎遭到冷落，心裡很不是滋味。

「抱歉！」奈月彥歉疚道：「對那些從未去過外界的人來說，神域和外界是差不多的。即便告訴他們：『大天狗在此，猿猴和山神不可能從朱雀門進入。』他們也聽不進去。」

「你也真辛苦啊！怎麼樣，等一下要不要去我那裡喝杯茶？」

奈月彥的親屬並非都和他站在同一陣線，因此大天狗假意隨口邀請。

「那麼，我就前去打擾了。」

奈月彥似乎也覺察到對方的意圖，便順應大天狗的邀約跟著離開。

朱雀門有一條在洞穴中挖出的隧道，直通大天狗那一側的入口。兩人走出經過整修且冰冷的寬敞通道，來到一間小木屋後方的車庫。這裡看似儲藏室兼停車處，實則是大天狗使出渾身解數建立的要塞，無論對人類還是神鬼，都有萬全的防備。

以前這空間看起來更加悚然心驚，直到這一代大天狗接手後，立刻進行改裝。包括上一代大天狗在內，周圍的評價都很不錯。

時間已是中午過後，熾烈的陽光烘烤著地面，龍沼水面反射的光也變得刺眼。

奈月彥已用過午膳，大天狗拿下面具，親自為他泡了花茶。

「先喝茶吧！」

「感謝！不過，我並沒有太多時間，能否直接進入正題？」

大天狗原本打算先喘口氣，然則奈月彥在他提出邀請時，似乎就猜到有不方便被他人聽到的要事需討論。

「那我就不說廢話了。志帆的外婆去山內村找人。」

「志帆大人的外婆？」

「是的，只不過村民似乎不想理會她。」大天狗說著，拿起原本放在桌上的傳真紙。

「她說，自己的外孫女被舅舅誘拐了。只不過，那個村莊的警察也和村民是同夥，所以就把她趕回去。」

志帆的外婆向公車管理處打聽，確認到司機曾見過像她外孫女的女孩。然而，志帆的舅舅卻說，在黃金週結束後就送她去坐車了；村民也串通一氣，說最後是在車站看到她。

由於志帆帶了錢包，離家前還留下一封信給外婆，再加上有人證實志帆待在村莊時，一直喊著：「不想回去。」因此，警察就當作是未成年離家出走來處理。

「這是我讓手下去查到的情況，可信度很高。」

「她的外婆目前在哪裡？」

「先前返回東京一趟，最近又重新來到這裡。她現下住在鎮上，似乎四處調查志帆的下落。」低頭看著傳真紙的大天狗，緩緩抬起頭，促狹地問：「現在該怎麼辦？以我們的利益考慮，當然最好不要和這件事有任何牽扯。」

正確地說，若只考慮我們的利益的話……

「你說得對。」奈月彥眉心輕蹙低喃道。

志帆回到神域後，山上呈現小康狀態。據說，那是志帆憑自己的意志留在山上，並選擇養育山神的結果。若將外婆尋人的消息，轉達給志帆知道，進而引起她的思鄉之情，不知會造成什麼後果。

「按照你說明的情況，志帆已經具備身為山神母親的力量。」大天狗抱著手臂，冷靜地分析說：「那現在最好不要節外生枝，讓山上維持安定的狀態就好。」

「我明白。只不過很猶豫，這樣到底好不好……」奈月彥一臉苦惱地揉著太陽穴。

「笨蛋，當然不好！」

兩人一時之間不知是誰在說話，回過神後，只見一名年約十二、三歲的少年，坐在大天狗和奈月彥之間的皮革沙發上，身穿洗得褪色的捻線綢*服裝，衣服還被折了起來。他的氣色很差，但雙眼炯炯有神，在日光燈下的頭髮看似白灰色。

剛才完全沒有聽到任何聲響或動靜，少年便突然出現在眼前，顯然並非是普通人。

頓時，周遭的空氣莫名緊繃了起來。

「請問你是哪一位？」大天狗眼神閃過銳光，沉聲問道。

除了不尋常的髮色以外，他看起來就像是人類。不過，這棟房子是大天狗的領域，他能夠擅自闖入，顯然是比大天狗的能力更高的存在。

少年無視滿臉警戒的大天狗，刻意大聲歎著氣。

「真是太令我失望了，我原本還期待你們想要救志帆，不料竟是這種結果。」

尚不知對方是何方神聖，奈月彥在回應上也格外小心翼翼。

「志帆大人是我們的恩人，我們當然想要報恩，也想要幫助她。但她是憑自己的意志回到山上，決定養育山神長大，我們也不能忽視。」

「你是笨蛋嗎？」少年冷冷地喝斥道：「你真的認為是志帆自己決定回到那座山？她明知道搞不好會被殺，還返回山上？精神狀態怎麼可能正常？」少年滿臉不悅地瞪視兩人，繼續說道：「那根本不是志帆的意志，是這座山的意志漸漸影響了志帆！」

少年略頓，挑起單側眉毛，用下巴指了指山的方向。

「儘管現在已完全變了樣，但這就是這座山原本的樣子。」

需要有扮演母親的人，養育仍是嬰兒的山神長大。

這座山需要人類的女人，作為這種機能的構成要素之一，因此拒絕撫養山神長大的女人，在成為構成要素之前就會遭到殺害。而志帆決定留在此地，便成為了這座山機能的一部分，開始發揮作用。

「事到如今，已經為時已晚。志帆早就迷失了自己，且毫無自覺。」

少年用一雙火光般炯炯的瞳眸，凝視著奈月彥。

＊注：捻線綢，是將抽不成生絲的繭，紡成織物。

「你還要胡說什麼尊重志帆的意志嗎？別講得自己好像多麼知恩圖報，你最擔心的根本不是志帆。」

壓根瞞不了人。大天狗瞥了奈月彥一眼，用眼神悄悄示意。奈月彥似乎也有同感，雖然言辭依舊謹慎，卻打消想用冠冕堂皇的話打發對方的想法。

「……根據我的判斷，目前的情勢關係到八咫烏一族的命運。若她個人的犧牲能夠拯救所有八咫烏同胞，即便知道很殘忍，也只能放棄志帆大人。」

「既然這樣，就要好好地幫助志帆。畢竟一旦犧牲掉志帆，就無法拯救八咫烏一族。」

少年毫不客氣的回應，令奈月彥疑惑地擰起了眉心。

「請問這是什麼意思？」

「你們現在如果放棄讓志帆回到人界的話，也會淪為妖怪的同夥。」少年略頓，輕覷著怔住的大天狗和奈月彥，一臉無奈地說：「你們仔細想想，目前山神對吃人並不感到羞恥，而村民也認為山神是妖怪。你們這些允許這一切發生的非人異類，當然也就成為同夥。」

不需思考也明白，古今中外，吃人的妖怪最後會落入怎樣的結局。

「你們應該不希望，變成妖怪的同夥遭到消滅吧？」

大天狗看到少年冷酷的眼神，忍不住緊張地嚥了嚥口水。

「……那我們該怎麼辦？」

「當然就是讓志帆清醒過來，找回身為人類的自己，然後讓她開口求助。」少年厲聲斷言：「只要一句話就好。只要她開口求救，我就會接手處理一切。」

「你願意接手處理……是什麼意思？」

「我的意思就是，我會殺了山神和猿猴。」

室內的氣溫驟降，空氣中似乎瀰漫著緊繃的氛圍。

「如此一來，志帆就能得救，你們也能夠延續生命。」少年的語氣格外肅穆。

奈月彥和大天狗驚愕地啞口無言。

這時，遠處突然傳來狗吠聲，少年向窗外匆匆瞥了一眼。

「事態已經開始啟動，沒有太多時間了。」他倨傲地說道。

好好努力吧！一眨眼的工夫，少年就消失得無影無蹤。

愣怔在室內的奈月彥和大天狗，陷入不知所措的茫然。

「剛才到底……」大天狗一臉好似在做白日夢，囁嚅道。

奈月彥乍然想起一件事，開始娓娓道來。

「這是志帆大人告訴我……」

奈月彥發現猿猴不敢靠近志帆帶回來的小狗，內心感到十分納悶，於是便詢問志帆是在哪裡撿到那隻小狗？

據志帆所言，是一名少年送給她的。當她想從大天狗家逃跑時，少年制止了她，勸她不要返回神域。在得知志帆的堅持後，便將小狗交給她，說道：「至少帶著牠一起走。」

「我猜想，應該就是剛才的少年。」

他不可能是普通人。

「既然他的能力超越大天狗，他若不是神，那麼身分就是和神不相上下的角色……到底是何方神聖呢？」

大天狗聽了奈月彥的疑問，倏地雙眼大睜。

「……原來是這麼一回事，帶著狗的神明……出現在有活祭習俗的村莊。」

「你有頭緒嗎？」

「是啊！奈月彥，」大天狗溫順地喊著他的名字，「也許現下該聽從少年的意見。」

「你說什麼？」

「我猜想，他的身分應該是……」

大天狗的話還沒說完，玄關乍然響起門鈴聲。

兩個人幾乎同時看向對講機，大天狗驚跳起來，靜默地走向玄關，確認奈月彥已躲藏到書櫃後方，便故作輕鬆地打開門。

「請問是哪一位？」

「不好意思，突然上門打擾。請問你有沒有見過這個孩子？」

奈月彥悄悄地探頭張望，發現來訪者把一張照片遞到大天狗面前。

照片中笑容可掬的人，正是身穿制服的志帆。

來訪者是一名挽著灰色頭髮的老婦人，相貌高雅且氣質出眾，但臉上的表情十分凝重。她腰桿挺得很直，穿著薄質開襟衫和方便活動的長褲。若換上和服，看起來就像一位插花或是茶道的老師。

「這是我的外孫女，自從五月連假來到這裡之後，就下落不明。」

「這真是……」大天狗說得吞吞吐吐。

「請問你有沒有看過她？」老婦人繼續追問，突然語氣一轉，嚴厲地反問：「你是八咫烏嗎？還是天狗？」

躲在暗處的奈月彥聽到這句話，愕然地傻目厲瞠。

「妳怎麼突然說這種話？」大天狗瞠目詫異地反問。

「我剛才在村莊附近遇到一名銀髮少年，要我前來此地。」志帆的外婆沒有退縮，冷靜地說：「他說這裡有天狗和八咫烏，雖是非人異類，但一定能助我一臂之力。」

沒錯，就是他！志帆的外婆目光矍鑠地瞪著大天狗，銳利的眼神和外孫女很相像。

「我並不在意你是不是人類，你確實知道志帆的情況，對吧？」

大天狗沉吟了片刻，轉過頭對著暗處開口。

「你也一起說明比較好。」

奈月彥稍微遲疑了一下，便從書櫃後方走了出來。

大天狗後退一步，請志帆的外婆進入家中。

「請進。」

志帆還活著！

久乃聽到這句話，胸口一窒，暫時無法呼吸。

「是嗎？那孩子，平安無事……」

「對，她目前很好。」迎接她的兩名男子中，名叫奈月彥的年輕人對她說道。

「久乃婆婆，」這棟房子的屋主谷村，好奇地探問：「即使妳聽到志帆去了神域，似乎絲毫不感到驚訝。」

「因為我之前就知道山上有非人異類，只擔心志帆是否平安無事……」久乃無力地點頭說道：「既然她還活著，其他都不是太大的問題。」

坐在沙發上的谷村聽了她的回應，好奇地探出身體。

「妳會這麼說……代表妳以前在那村莊生活過，也早就知道村民用相同的方式舉行那種儀式嗎？」

「當然，所以我才會帶著女兒逃離村莊。」

那是三十七年前的往事。在久乃十九歲嫁來這個村莊前，她完全不知道有關儀式的事。最初感到異樣的是，在她生下長子修一之後，丈夫不停地說想要一個女兒，當時只覺得丈夫「可能很喜歡女兒」。然而，在女兒出生後不久的某一天，她看到鄰居家門口插了一支塗成紅色的白羽箭。

在此之前，每年五月在龍沼的神社內，都會舉行供奉山神的儀式。就在那一年，鄰居家的女兒被裝在箱子裡丟到神社前。當她隔天再去神社察看時，發現放在祭壇上獻給山神的神饌以及女孩，全都不見了。她原以為那只是普通的祭典，直到覺察這件事後，驚恐萬分。

「當我質問丈夫時，他竟然說：『下次就輪到我們家。』村莊內並沒有特定的神職人員，而是大家輪流成為主持祭典的『頭人』。我在那時才終於恍然大悟，原來丈夫知道差不多快輪到自己，才一直說想要女兒。」

當時久乃的丈夫還說，這是為了整個村莊的利益，是件很光榮的事。他輕柔地撫摸裕美子的頭欣慰道：「現在我也有女兒了，無論何時需要舉行儀式，都不必擔心。」久乃簡直難以置信。

只要有出色的活供成為人牲，村莊就會安泰無事。如果活供表現不好，無法讓神明感到滿足的話，很快就會被要求新的人牲，甚至讓災難降臨整個村莊。久乃的丈夫並不是因為裕美子是女兒，才想好好照顧她，而是為了把她培養成出色的活供。

久乃驚駭地看著眼前這一切，覺得實在荒唐至極，她立刻暗自打算帶著裕美子和修一逃離村莊。沒想到修一得知後大聲呼喚著父親，久乃在慌亂之中，只能抱著當時才五歲的裕美子逃走。

「之後，我和這個村莊就完全斷絕了連繫。」

「志帆大人說過，她曾被舅舅斥責……」奈月彥豁然大悟的頷首說道：「他說：『因為妳媽媽逃走，把整個村莊都害慘了。』」

「我猜想，在久乃婆婆帶女兒逃走之後，村民只能去其他地方找活供。」谷村若有所思地說：「那個活供當然比在村莊出生的人更想逃離，於是便成了村民口中『不好的活供』，而且也無法維持太久……」

那個村莊並不大，並非隨時都會有適齡的年輕女生。正因為清楚知道何時會輪到自己，村民才能勉強提供自家女兒，若來不及的話，就只能去他處尋找活供。

「隨著活供被山神吃掉的間隔越來越短，即使再有錢、再有人脈，要尋獲一個失蹤也不會被人發現的女人，是相當辛苦的。所以他們才會惱羞成怒，認為都是久乃婆婆害的。」

「他們也可以選開離開村莊啊！簡直莫名其妙。」久乃不以為然地冷嗤道。

「正確來說，他們即使離開村莊去外地發展，也不會順利，更無法成功，最後只好又回到村莊。」谷村苦笑著說：「企業在成立時，若把村莊作為據點，就會立刻生意興隆。當嚐到了甜頭後，將公司轉移到村外，經營立刻就會出問題；但把據點移回村莊後，生意又神奇地好轉起來。」

「啊喲啊喲，還真是辛苦啊！」久乃冷淡地嘲諷，接著一臉憤恨地瞪向村莊。「我是志帆唯一的親人，我兒子一定覺得我勢單力薄，只能忍氣吞聲。我絕對不會輕言放棄，一定要把志帆帶回家。」

谷村和奈月彥聽見她如此申明，露出難以形容的複雜表情。

「久乃婆婆，其實志帆是有機會能逃走，但最後自己選擇回到山上。」

「你說什麼？」

久乃聽了谷村的詳細情況後，感歎著很像是志帆會做的事。

「這個笨孩子……」她切齒地嘀咕著。

「但這是有原因的……」谷村慌忙想補充，卻越說越激動，顯得語無倫次。

「不，她向來都是這樣，我之前就猜到可能會發生這種事。」久乃堅定地搖了搖頭。

志帆不只是個大好人，更是個過度到有點異常的濫好人。雖然俗話說，好心有好報；但志帆的好心時常讓自己陷入危險。在父母去世之前，她就是這種個性了。

志帆剛上小學時，女兒夫婦曾經來向久乃討教。志帆遭到學姊霸凌，當時已經和校方協商過這件事，也和霸凌者的家長談過，聽說當事人已在反省。因此，久乃完全不明白女兒夫婦到底為何如此傷神。

裕美子說，問題在於志帆。久乃本以為是志帆的心靈受到創傷之類的，沒想到裕美子說的話，完全出乎久乃的預料。原來，志帆完全沒有察覺到自己遭受霸凌，即使加害者的學姊向她道歉，她也始終搞不懂對方為何要這麼做。

久乃當時無法理解裕美子所說的，很訝異志帆竟然神經這麼大條。直到生活在一起之後，才終於瞭解裕美子的不安。

志帆一旦想對一個人好，甚至可以完全不顧及自己。無論自己吃再大的虧，只要想到別人會因此高興，她就完全不以為苦。被一些根本稱不上是朋友的同學或是學姊盯上，經常被利用，她也絲毫不在意。

正當久乃傷透腦筋，覺得這個孩子怎麼會這樣時，想起之前裕美子曾與志帆談過關於霸凌一事——志帆認為，那些同學臉上都帶著笑容，因此她並沒有意識到自己遭到了欺侮。

久乃為此感到毛骨悚然。因為志帆的腦袋是空的，她完全接受別人說的話，不想擁有自我意志，也不會用自己的腦袋思考什麼是好事，什麼是壞事。她隨時都在察言觀色，只要他人高興，就會無條件地相信那就是好事。

久乃終於瞭解，過度的好人並不是美德，而是一種病。不及時糾正這孩子，有朝一日，她將會為了別人，受到無可挽回的傷害，而她自己完全不會對此感到不滿。

久乃領悟出這個事實之後，努力教導志帆學會保護自己，但志帆始終無法理解，讓久乃覺得這孩子實在太蠢了。不過對她來說，志帆仍是最愛的外孫女，是勝於這個世界上所有事物的寶貝。

「我一直很恐懼，很害怕志帆有朝一日會因為別人失去生命。」久乃雙手摀著臉，沉痛地說：「沒想到，我的擔心竟然成真……」

這樣不行，她必須活出自己的人生。

久乃猛然回過神，發現谷村和奈月彥都有些尷尬地閉上嘴，才意識到自己說太多。

「對不起，我情不自禁……」她急忙向他們道歉。

「不……」

「不過，既然志帆還活著，我無論如何都要帶她回家。」久乃語氣堅定地說：「即使對方是神，我也完全不以為意。」

「但妳的外孫女說不想回家啊！可能不只是她個人的問題。」谷村傷透了腦筋。

「……請問，這句話是什麼意思？」

「妳的外孫女已成為山神的母親，具備了非人異類的力量。如果她已融入這座山，很可能無法再憑自己的意志離開。」

久乃一時之間無法理解其中的含意，困惑地蹙起秀眉。

「志帆只是普通的高中生啊！」

「原本是什麼並不重要，就像崇德天皇*和菅原道真*一樣，存在很多從人變成神的例子。妳以前沒有聽說過嗎？」谷村翼翼小心地偷覷著久乃的表情。「他們因為產生超越常人的強烈怨念而成為怨靈，人們因為害怕災難降臨，便開始舉行祭祀，於是他們就變成了神。

妳的外孫女決定要成為山神的母親，回到神域後，因而成為神的一部分。」

「這……為什麼只因為志帆的一念之差，就變成這樣？」

久乃驚愕地瞠目結舌，完全無法理解谷村在說什麼？

谷村似乎感受到她的困惑，重新在沙發上坐了下來，準備好好向她說明。

「妳聽我說，雖然妳認為只是一念之差，但對我們這些非人異類來說，最重要的就是『心態』；就某種意義上來說，就是『自覺』。像我每年都會做一次全身健康檢查，從未被說過『**你不是人類**』這種話。即使運用最先進的科學技術，調查我的每一個細胞，也無法找到任何能證明我是非人類的證據。然而，我是大天狗。」

久乃聽著谷村用低沉的嗓音說明，目不轉睛地打量著這個看起來就是人類的男人。

「據說，天狗起源於中國。」

在中國，會將天狗畫成在天空中奔馳的狗，聽說最初是將劃過天際的流星比喻成狗。傳到日本之後，逐漸衍生成烏天狗和鼻高天狗等名稱。

「普通人想像的大天狗有著紅臉長鼻，那是佛教和神道，以及在山中透過各種對身心的磨練、追求開悟的修驗道混合出來的形象。總而言之，從狗變成目前的天狗外形，經歷很多變化……雖然能推測出為何會變成目前的樣子，但沒人瞭解真相到底如何？」

谷村停頓了一下，調皮地聳了聳肩。

「若要問我是誰？我剛才也說了，我的身體是人類，當有需要時，會戴上紅臉長鼻的面具。」谷村輕笑著繼續說：「在我們天狗之間，都認為烏天狗以前拐走人類的小孩，教育那個小孩成為自己的頭目，而頭目的子孫就是目前的大天狗。不過，事實究竟如何也不得而知，只是我們相信是如此。當初養育我們的非人異類烏天狗，到底是什麼，也無人知曉。」

目前幾乎所有的烏天狗都選擇生活在人類世界。

「他們的外表看起來和人類無異，只是個子稍微矮小了點。久乃婆婆，如果妳的朋友中有人很會做生意、十分聰穎、身形嬌小的話，也許就是隱瞞真實身分的烏天狗，或是他們的祖先以前是烏天狗。」

＊注：崇德天皇，為日本第七十五代天皇，祂與「菅原道真」及「平將門」並稱日本三大怨靈。

＊注：菅原道真，是日本平安時代的學者、詩人、政治家，被日本人尊為學問之神。後因抑鬱以終，傳說化為怨靈，被後人尊稱為「天滿天神」、「火雷天神」。

谷村靜靜地說到這裡，陡然露出銳利的眼神。

「不過，一旦忘記自己是烏天狗，便不再是天狗了。差別就在這裡。」

久乃即使聽了谷村的說明，還是一知半解。

「突然對妳陳述這些，妳也難以吸收吧！」谷村抓著頭，繼續解釋道：「傳說中，我們天狗具有『天狗倒』、『天狗礫』和『天狗搖』等特殊能力。」

〈天狗倒〉就是在山上聽到不明原因的詭異聲響；〈天狗礫〉就是有碎石突然從天而降；〈天狗搖〉就是房子猛然搖晃不停。

「現代人認為，這些都是可以從科學角度說明的現象。而古代人不瞭解科學，所以用天狗來牽強解釋這種莫名其妙的情況。要不要我現在表演給妳看？」

「啊？」久乃疑惑地擰起眉心。

這時，谷村倏地拍了拍手。

啪！隨著聲音落下，立刻響起猶如地鳴般的聲響，好像連房子都跟著強烈顫動。

「這就是天狗倒。」

接著，他又打了一個響指。

「這是天狗礫。」

下一秒，房子彷彿從四面八方遭到槍擊，響起答答答的可怕聲音。

「最後是天狗搖。」

谷村用力跺了一下腳，整棟房子瞬間用力搖晃，人幾乎無法站穩。書一本一本從書櫃上掉下來，懸在天花板上的燈也大幅度搖動起來。

久乃忍不住想抓著沙發椅背時，谷村又拍了一次手，陡然間，聲音和搖晃全都停止了。

久乃啞然無言地看向谷村。

「妳怎麼認為呢？」他莞爾輕笑地說：「天狗倒，很可能是附近剛好有隕石掉落；天狗礫，或許是剛好下起冰雹；天狗搖，則可能是局部恰巧發生了地震。」

至少現代是這樣說明的。

「事實上，這些現象並非不能用科學加以解釋，如果我缺乏自己是天狗的自我意識，也許會堅稱方才是因為正好有隕石、冰雹或是地震發生，才會導致那些現象。」

眼前這個男人明明面帶笑容，看起來很親切，卻讓久乃感到不寒而慄。

「我之所以是天狗，只是因為我有『自己是天狗的自覺』。」

奈月彥看到久乃默不作聲，似乎有些擔憂，便倒了杯水端到她面前。

「請喝水。」

久乃默默接過杯子，一時之間說不出話來。

奈月彥從剛才就泰然自若，似乎見怪不怪。

「妳剛才看到的是極端的情況，前面提到怨靈帶來的災難，也會以疾病或是打雷之類的現象來表現。若要說那些都是偶然，我也無話可說。總之，我們這些非人異類在人類社會生活時，最重要的就是『自覺』，其次重要的可以說是『別人的看法』。」

奈月彥凝視著依舊默然無語的久乃，伸手指向谷村。

「天狗剛才展現的能力，就是最好的例子。當妳認定是他引發的，谷村潤在妳眼中，就是非人異類的『天狗』。」

「所謂的『天狗能力』，是來自『我是天狗』的自覺，只要不特別向妳展示，就單純是自然現象而已。妳瞭解了嗎？如果沒有人發現，神秘也就不存在，因為大自然並不認為自己內部的狀態是『神秘現象』。」

必須要有人類的存在，才有所謂的非人異類。最重要的是自覺，其次重要的是別

人的看法。谷村用老師教學生的語氣重申。

「神也如此。若人類不存在，神也就不存在。而這座山的這種體系特別顯著，當今這個年代，像這座山有如此明確異界存在的，應該找不到第二個地方。」

谷村潤站了起來，隨性地輕拍奈月彥的肩膀。

「我們存在於，人類還無法解析的認知及科學的夾縫中。」

到底是因為具有神奇力量，導致科學還無法闡明，或是我們是文明世界還不能解析的存在，才能夠成為神秘。思考到這個問題，就好像在問先有雞，還是先有蛋，根本沒有意義。

「唯一確定的是，這裡同時有雞，也有蛋。」天狗笑著說。

因此，志帆產生了自己是山神之母的自覺，而周圍的人也這樣認為，於是她就成為山神的母親。大天狗谷村如此斷言。

「既然這樣，要怎樣才能把志帆帶回來呢？」久乃不由得尖聲問道。

「有解決的方法。」大天狗用真摯的神情對她說：「既然她是憑意志成為神的眷屬，反過來也一樣。只要她能夠意識到自己是人類、只是普通的高中生，應該就可以擺脫山的咒語束縛。也就是說，妳只要讓妳的外孫女想回家就好。」

「讓她想回家……」

「妳一定能夠做到，不，應該說只有妳能夠做到。」

奈月彥聞言擰眉一怔，瞥向大天狗。

「……你打算讓她們直接見面嗎？」

「對，請久乃婆婆說服志帆。」

「等一下！」奈月彥露出凝重的表情，反駁道：「以神域目前的狀況，我不認為這是最好的方法。」

「喂喂，難道你忘了自己一個月前打算做的事嗎？難不成你也受到山的影響？」大天狗一臉不悅地質問：「當初你不是說，要讓志帆逃走，然後誅殺山神和猿猴嗎？只要能夠讓志帆求救，那個傢伙就可以代替不成氣候的你完成這件事，豈不是皆大歡喜？」

「但不知殺了山神會造成怎樣的後果。」奈月彥臉上閃過一絲苦惱。

「至少我很確定，比起不清楚會迎來什麼結果的你，交給那傢伙處理才是正道。」

奈月彥聽了大天狗的話，緩緩地眨了眨眼。

「……你認為，那傢伙是何方神聖？而且，我剛才說到一半……」大天狗神色淡然地說：「古今中外的人牲故事都有固定的形式。在日本，需要人牲的妖怪通常都是蛇神或是猿神，而他們幾乎都是死在，因人牲的求助而出現的異人手上——也就是來自外界的僧侶，或是獵師等帶著狗的英雄。」

這座山也終於出現制服吃人妖怪的英雄。

「他就是為了打敗山神而出現的英雄。」大天狗語帶挖苦地說。

奈月彥的清眸微縮，瞳底掠過沉痛的薄光。

「英雄通常在殺死妖怪之後，就會成為那個地方的新主人，恢復當地原本的秩序。所以他殺了山神之後，成為新山神的可能性相當高。那不正是你之前想做的？」大天狗略頓一下，接著苦笑著說：「你現在應該知道了吧？如果英雄認為我們是妖怪的同夥，這就傷腦筋了，必須趁現在表明我們並非和山神站在同一立場，所以你也該下定決心了。」

大天狗輕拍奈月彥僵直的背脊，似乎在安慰他。

「志帆，妳來。」

志帆正在作為廚房的岩石屋內準備晚餐，聽到有人用不輪轉的話呼喚她，便轉過頭。

「真赭，怎麼了？有什麼事嗎？」

「妳來。」

自從上次治療之後，奈月彥的表妹就留下來照顧志帆的生活起居。

現在正請她幫忙備餐，但似乎有些不太對勁。

「妳來。」真赭重複了好幾次，一臉為難地扯著志帆的袖子。

「妳找志帆有什麼事？」

椿從存放食材的地方拿了蔬菜回來，真赭看到椿訝異的表情，倒抽了一口氣，隨即尷尬地移開雙眼。

「有什麼……女生之間的悄悄話？」

志帆說到「**女生之間**」時，指了指自己和真赭，她可能領會其中的意思，拚命地點頭。

「好，那我出去一下。椿，你顧著飯和鍋子喔！」

「我也要一起去。」

「不可以任性，我馬上就回來。小心不要讓鍋子裡的湯汁溢出來，也要記得把鍋子從火上移開後再加入味噌。」

志帆用稍微嚴厲的語氣交代完，就把湯勺塞到椿的手上，祂很不甘願地接了過去。

這裡，這裡！真緒向她招手，走出岩石屋後，兩人朝清泉的方向前進。

「真緒，到底要去哪裡？」志帆歪頭納悶怎麼會來這裡。

沒想到真緒經過清泉旁，來到志帆這一陣子都沒有靠近的地方。

「真緒……？」

這裡是通往神域外的洞穴。

「真緒，請等一下。」

沒想到走在前面的真緒幾乎小跑了起來。

「志帆大人。」

「……奈月彥？」

志帆在洞穴中遇見正跑向這頭的奈月彥。因為光線太過昏暗，看不清他臉上的表情，但可以感覺到他的嗓音帶著前所未有的緊繃。

「發生什麼事了嗎？」

「我們會負責監視，不讓人靠近，但可能無法撐太久。原本希望能挑選適當的時間和地點……」奈月彥的嗓音帶著一絲苦楚，歎了口氣，低聲說道：「一旦踏出神域一步，就無法辯解了，因此請妳今天先不要這麼做。」

「你在說什麼？」

「請小心，不要被猿猴發現。」

奈月彥輕拍她的肩膀後就跑走了。

志帆完全搞不清楚狀況，但在真赭的催促下穿越了洞穴，倏然眼前開闊了起來。

也許是因為這一陣子都在被樹木和岩石包圍的地方生活，志帆覺得眼前並不算大的空地格外遼闊。

晚霞很鮮豔，宛如淡墨的雲被夕陽染成金色，在群青色的天空中閃耀著光芒。鳥居的輪廓在天空的映襯下變成深色，猶如黑色畫框圍住站在鳥居下的兩個人影。

志帆好奇地定睛一看，聽到自己的喉嚨發出了「咻」的聲音。

「外婆……？」

「志帆！妳平安無事，真是太好了。快，快跟外婆一起回去！」

外婆的淚水在眼眶中打轉，急切地想要跑向志帆，站在她身旁的大天狗慌忙拉住她。

「不能再靠近了！一旦進入神域，就會被山神發現。」

「我才管不了那麼多！」外婆掙扎想甩開大天狗的桎梏。

「為什麼……外婆，妳怎麼會在這裡？」志帆陷入無比的混亂。

「當然是為了帶妳回家啊！」

志帆漸漸瞭解眼前的狀況後，臉色瞬間刷白，腦海中閃過一個記憶——曾經牽手踏出這裡一步的英子和她的男人，最後落得怎樣的下場。

比起和外婆重逢的喜悅和安心，眼前這種充滿既視感的狀態，更令她感到恐懼和焦急。

「……妳回去吧！」

「志帆？」

「外婆，這裡不是妳能來的地方。趁椿和猿猴還沒發現，妳趕快回去！」

「妳不想回家嗎？」

「這不是重點！外婆，拜託妳，妳現在先聽我的話。」

「不要，我無論如何都要帶妳回家，所以才來到這裡。妳現在遇到這麼可怕的事，是無法保持冷靜的。」外婆滿臉焦急，苦口婆心地勸說：「妳根本搞不清楚狀況。別擔心，我會保護妳，什麼都不必擔心。」

志帆聽到外婆又用教訓的口吻說話時，陷入深深的絕望。

「外婆，是妳搞不清楚狀況！如果被椿看到，之前的努力都白費了！」

「喂，志帆，妳太大聲了！」大天狗緊張地提醒道。

然而，志帆並沒有住嘴。

「外婆，拜託！我會回去的，請再給我一點時間，好嗎？」

「我等不及了，妳現在就跟我一起回去。」

「我並沒有說不回去，只是希望妳多給我一些時間。妳為什麼不願意聽我的話呢？」

「如果聽妳的，妳永遠都不會回來了。而且妳還得回去學校上學呢！」

「現在有比去上學更重要的事。」

「難道妳是指養育妖怪長大嗎？」

「不要說椿是妖怪！祂是我心愛的兒子！」

「什麼妳的兒子！妳現在已經不正常。別再說了，快點跟我回家！」

兩個人的談話完全沒有交集。志帆很清楚，外婆一旦下定決心，就會固執己見，堅持到底。**以前每次都是自己讓步，但現下不能妥協。**

之前和外婆共同生活時壓抑在內心的鬱悶，猛然一股腦湧上心頭。

「……外婆，妳總是不相信我說的話，不光是這次，而是每次、每次都這樣！妳為什麼無法理解，我也有自己的想法？」

「因為按照妳的想法是無法正常生活的，所以我才會說這些話，我有義務代替妳的父母好好照顧妳。」

「媽媽一定能夠理解我！」

「如果是裕美子，就不會像我這樣平心靜氣，反而會狠狠地罵妳。」

「才不會。」

「我真的很擔心妳，都是為了妳好才會說這些。」

「妳要是真為了我好，那就先回家！不必為我擔心，只要妳不要插手就好。」

外婆憂愁的臉難過地皺了起來。

「……我怎麼會把妳教育成這麼自私任性的孩子？我真的太沒用了！」

「……我沒想到拋棄自己兒子的人，竟然會說出這種話。」志帆不甘示弱地反唇相譏。

外婆的臉色瞬間鐵青，但志帆無法阻止自己脫口而出的話。

「我在照顧椿之後，這種想法更加強烈，妳竟然可以丟下十歲的孩子離家。雖然我不知道妳有什麼藉口，若換成是我，無論發生任何事，我都不會拋棄椿。」

「妳才自以為是理想的母親，誤認為自己瞭解什麼是養兒育女。妳把妖怪稱為兒子，這和玩扮家家酒有什麼兩樣？」

志帆凝睇著外婆說這番話時的神情，不得不承認至今始終不願面對、不想承認的事。

我和她應該一輩子都無法瞭解對方。

外婆有養育之恩，所以之前一直告訴自己：**外婆是好人，雖然說話很傷人，但打從心底愛著自己**。志帆想到這裡，又改變了想法。**不，外婆應該不是壞人，她只是用她的方式愛自己罷了。**

只不過，在外婆的內心深處始終認為，志帆是愚蠢至極的人，也許連外婆自身也沒有察覺。這是無可迴避的事實，更加無可奈何。

這個人即使對自己懷有親情，即使她真的很愛自己，兩人也永遠無法相互理解。

志帆感受到前一刻激動的情緒，漸漸平緩下來。

「志帆……？」外婆看到她陷入沉默，露出狐疑的神情。

「……外婆，謝謝妳照顧我這麼多年。」志帆神色平靜地說道。

「志帆？」

「有朝一日，等我回去之後，一定會報答妳。在此之前，請妳當作我已經死了。」

「妳在說什麼傻話？」

「再見了。感謝妳對我的照料，但請妳不要再來這裡了。」

志帆深深鞠了一躬後，便不再瞧外婆一眼，果斷地轉身離開。

「志帆，妳不要走！」

「久乃婆婆。」

志帆耳邊傳來大天狗呼喚外婆的聲音。

「等一下……志帆，妳不要走！」

外婆的嗓音驟變，但志帆並不打算回頭。

「志帆，我說過頭了，是外婆不好！妳快回來！和外婆一起回家啊！」

「下次再來吧！」

志帆聽見大天狗的規勸聲，但外婆的聲音變成了悲痛吶喊。

「妳回來！志帆，拜託妳回來啊！」

不過，志帆毅然決然頭也不回地走進洞穴。

通過洞穴，正在那裡等待志帆的真赭，膽戰心驚地看向清泉的方向。

志帆轉頭一看，椿正試圖走過來，而奈月彥拚命阻止祂，兩個人似乎在爭執什麼。

志帆很慶幸椿沒有撞見自己剛才和外婆在神域邊界。

「椿，對不起，耽誤了這麼長的時間。」她滿臉笑容地說。

奈月彥聽到她愉悅的說話聲，旋即黑眸微瞠地轉過頭。

「志帆……？」椿也驚詫地睜大圓眸。

「你有沒有加味噌？」

「不，呃，嗯。」椿露出茫然的眼神，結結巴巴地說。

「這個回答是怎麼回事？你到底有沒有加味噌？」志帆歪著頭，柔聲質問。

「我丟在那裡就過來了，現在不知道變成什麼樣……」

「什麼？你沒把鍋子拿下來嗎？那趕快回去看看！」

志帆話語剛落，便快跑了起來，椿也尾隨上來。

「……我以為妳不回來了。」椿邊跑邊小聲嘀咕著。

「我當然會回來啊！」志帆無奈地苦笑說。

椿，我回來了！椿聽見志帆的嘟噥，在她身後「嗯」了一聲，發出清亮的輕笑聲。

幸好回來了。志帆心中思忖道。

她已經把外婆的事拋到了九霄雲外。

「久乃婆婆，妳不要這麼沮喪……」

大天狗說得戰戰兢兢，但久乃默然無聲。

大天狗幾乎一路攙扶著她，沿著山路走回大天狗家，現下她無力地癱在沙發上。

雖然明知不應該，卻還是忍不住失控，那個孩子和自己一樣頑固。照理說，久乃比任何人都清楚，不由分說地命令志帆，她是絕對不會服從。

會變成現在這樣，也不光是自己的問題。只不過，志帆目前的狀況非比尋常。如果大天狗他們說的話屬實，她是否真的被那座山困住了？

「對不起，我在這件事情上的看法太天真了。」大天狗摸著自己的下巴，懊惱地說：「考慮到我方的狀況，不由得有些急躁……沒想到志帆迷失自我的程度這麼嚴重，簡直就像被洗腦似的。」

久乃愣愣地望向天色昏暗的窗外。

此時此刻，志帆也正和那些妖怪玩著扮家家酒，自以為是一家人嗎？不行，我無法原諒這種事。久乃忿忿不平地暗忖道。

志帆是心地善良的好孩子，繼續過正常的生活，一定能找到出色的對象結婚，一輩子過得很幸福。我絕不允許任何人，利用她的善良去成就別人，浪費自己的人生。久乃暗自下定決心。

第五章　神名

「你說要放棄營救志帆？」大天狗驚叫出聲。

「我不是這個意思。」奈月彥立刻否認，重新申明：「而是指，像昨天那樣的做法，無法把志帆大人帶回來。」

三人正在大天狗家，自從志帆和外婆在神域邊界見面後，已經將近一天了。

久乃昨晚住在大天狗家的客房內，聽到奈月彥這番話，露出悲痛無比的神情。

「沒這回事！」久乃拚命地訴說：「只要我一直去，志帆一定能夠找回自我。」

奈月彥看著她不願放棄的模樣，內心不由得擔憂起來，她的氣色比昨天更差。

「若妳多次造訪，恐怕還沒等到志帆大人改變心意，就會被猿猴或是山神發現。而且……」奈月彥略頓，搖首說道：「妳們見面之後，我有和志帆大人稍微聊了一下。」

與志帆談過之後，奈月彥領悟到一件事——

在目前的情況下，無論久乃再說什麼，都無法撼動志帆的意志。

「妳外婆很擔心妳。」

志帆在吃晚餐時，隻字未提和外婆久別重逢的事，一如往常地和椿開心地吃著飯。

當一切都收拾完畢，志帆離開山神身邊時，奈月彥叫住了她。

此時，志帆的眼神開始飄忽起來。

「是啊……我很感謝外婆來看我，而且她這麼擔心，我也十分過意不去……」志帆低著頭說完，隨即很快抬起頭，急切地說：「但是我現在不能離開椿。拜託你，千萬不要讓那孩子知道這件事。如果祂得知我想回家，一定不願意再聽我的話。」

志帆走出洗手處，正準備回去山神的居室。居室離這裡相當遠，志帆卻似乎格外小心，擔心山神躲在哪裡偷聽。

雖然志帆不至於害怕，但與平時不太一樣的態度，還是讓奈月彥感到有點納悶。

「當初請妳不要離開神域的不是別人，就是我，所以我無意勸妳回去人界……」

奈月彥和只是透過傳聞瞭解神域狀況的大天狗不同，他原本就不認為志帆能夠輕而易舉重返人界，再加上目前山神和八咫烏之間的關係逐漸改善，他內心著實也為志帆回到神域鬆了一口氣。

然而，之前自信滿滿的志帆，為何現下表現出害怕山神動怒的言行，他對此感到不解。

「山神目前看起來很平靜，請問妳為何如此害怕？」

「那是因為有我陪伴在祂身旁，只是我有點失策了。」志帆語帶後悔地嘟噥道：「我不小心讓祂覺得只要有我在，一切就不會有問題，因此祂比之前更依賴我。所以……可不可以請你轉告外婆，請她再耐心等待一段時間？」

志帆特別強調「**再等待一段時間**」這幾個字，彷彿祈禱般地緊緊交握雙手。

「我知道這樣下去不行，但我相信並不會持續太久。目前那孩子仍需要我，因為祂缺乏被愛的自信，才會感到不安，所以無論發生任何狀況，我都不會離開祂。當祂能夠對別人愛祂這件事產生信心時，即使我不在身邊，祂也應該沒有問題。到時再來跟祂談回到人類世界，相信椿也能夠保持冷靜。」

奈月彥覺得她就像全心全意育兒的母親，和剛被帶來這裡時的模樣，簡直判若兩人。

到底哪些是志帆自己的意志？哪個部分是山的意志？

儘管和之前相比，目前稍微能反映出內心想法的志帆更令人滿意，但腦海中總會閃過久乃的說法，又認為不該輕易如此指望。

「妳真是很難得一見的人。以我的立場，沒有資格說這些話，不過還是有點擔心，妳是否太過於利他了。」

志帆訝然地睜圓眼眸，愣怔了半晌。

「喔！我知道了……你一定聽我外婆說了什麼，她向來都這樣。」志帆低聲嘀咕道。

陡然，她露出不悅的表情，模仿起外婆的口吻。

「『妳根本就不動腦筋，當好人也該有個限度，如果再這樣下去，遲早會吃大虧的。』……我早就聽膩了。」

志帆說話的聲調，聽起來格外平靜。

「這不是因為她擔心妳的安危嗎？」

「應該是吧！」志帆附和地點著頭，語氣卻十分冷淡。「死去的爸爸也經常對我說相同的話：要我學會保護自己、要我更加合理思考。這不就等於在說我做事情不動腦筋嗎？但我明明就有在思考啊！」

志帆滿臉懊惱地咬著嘴唇。

「他們都說我很笨，竟然主動做一些讓自己吃虧的事。其實別人無法理解我也沒有關係，但不要把我當傻瓜，還逼迫我接受他人的價值觀。」志帆慍怒地說道：「我覺得如果乖乖接受，才真的是不動腦筋呢！至少媽媽從來沒有把我當笨蛋。」

奈月彥把衝到嘴邊的話硬生生嚥了回去。

她並不知道她的母親也十分憂心，才會去向久乃討教。

「總之，我是經過充分思考，才決定繼續留在這裡，不可能因為這樣就想回家。」

「……所以妳打算無視妳外婆說的話。」

「雖然很對不起她，讓她擔心了。」

然而，從志帆說話的語氣中，感受不到她為此良心不安。

至少志帆深信，自己是憑著意志回到這裡。從她對久乃如此淡漠的態度，不難發現此刻的她已不再是原本的她。

既然志帆本人都這麼決定，奈月彥也無可奈何。

「……情況就是這樣，志帆大人目前完全沒有丟下山神回家的打算。無論久乃婆婆再怎麼苦口婆心，這件事應該都不會改變，我認為眼前還是放棄說服她吧！」

久乃一臉凝重地聽完奈月彥的陳述，低頭默默不語。

大天狗不禁為久乃感到憂慮，他冷靜的眼神看向奈月彥。

「你既然這麼說，是否代表除了說服之外，還有其他想法？」

「是啊！但在此之前……」奈月彥略頓，深深吸了口氣，乍然明確地呼喚道：「要消滅妖怪的英雄，若你聽到我的聲音，就請你現身……」

我想和你談一談。他還來不及說出這句話，耳邊就傳來一道清亮的嗓音。

「有什麼事？」

久乃錯愕地盯著不知從哪裡冒出來的少年，奈月彥和大天狗則為其他原因感到驚訝。

少年倚靠在大天狗的書桌旁站著，明顯比前幾天長大了不少，外表看起來約十五歲左右，身上的衣服比之前高級了一點，原本不太健康的膚色，以及獨特的頭髮色澤都改善了。

少年的身體狀況看起來相當不錯，臉上的表情卻十分不悅。

「你們沒有好好說服志帆，竟然還好意思大模大樣地召喚我。」他狠狠瞪著奈月彥。

「慚愧。」奈月彥冷靜地鞠躬，歉疚道。

「我知道你一開始就對我的提議不感興趣。」

「我並不否認，但我們無法說服志帆大人改變心意，這也是事實。」

「啊？」少年滿臉狐疑地質問：「若無法說服志帆，那你們有什麼打算？難道已經下定決心，要把她和山神一起殺掉嗎？」

大天狗看著眼前的一切，緊張地吞了吞口水。

「這正是我想請教的問題。」奈月彥並沒有退縮，沉穩地直視銀髮少年。「你之前說『**事到如今，已經為時已晚了**』，既然這樣，為何還在等待志帆大人求助？」

少年聞言，立刻露出極度不快的表情。

「……一旦人牲求助，我就可以採取行動，這是必要步驟。」

奈月彥敏銳地察覺到少年含糊其辭的回答，背後隱藏著什麼含意。

「所以山神果然還沒有完全妖化？」他平穩的語氣中帶著一絲振奮。

然而，少年卻沉默不回答。
對於效忠山神後自己內心浮現的疑問，奈月彥終於產生了確信。
「等一下，這是什麼意思？」
大天狗和久乃感到困惑，奈月彥閃著銳光的黑眸仍舊注視著少年。
「之前我就感到很奇怪，一般來說，會讓被帶來作為人牲的女人生下山神，養育山神長大嗎？既然日後都要被吃掉，卻還讓女人扮演母親的角色，不是很不自然？因此我一直在忖度，活人供品原本可能並非人牲，而山神原本也不會吃那些活供。」
少年依然默然不語。
「原來如此，很多活人供品傳說的原型，都是巫女嫁給神的故事……巫女是神的妻子，同時也是御子神的母親。」大天狗深感佩服地說：「你是不是認為目前的活供和山神之間的關係，也是經歷相同變遷的結果？」
「沒錯。」
神明若沒有充分被人祭拜就會作祟，這是神的本質。而巫女安撫凶神，從普通人變成神的侍奉者，且一旦疏於祭祀，就不再是巫女。

該不會是應該要養育山神長大的女人沒有盡責，喪失了巫女的資格，因而被吃掉，作為懲罰？

「於是名不副實的巫女就淪為人牲；沒有得到巫女的祭祀而鎮日作祟的山神，就變成了吃人的妖怪。」

「如果是這樣，也就可以合理解釋志帆為何能獲得凡人不可能有的力量。因為她完成了巫女該做的事，所以得到身為神之侍奉者的力量。」

「當人牲變回巫女，妖怪也漸漸變回神原來的樣子……」奈月彥說完，轉頭定睛看向少年。「若是如此，被召喚來消滅妖怪的英雄就傷腦筋了。一旦必須消滅的妖怪不再是妖怪，英雄也就失去存在的意義。」

少年依舊一動也不動。

「因此，你無論如何都需要志帆大人的求助，如此一來，巫女就會再度成為人牲，山神也會變成妖怪。這時，你就能以英雄的身分大顯身手。我沒說錯吧？」

少年面無表情地聽他說完，露出了苦笑。

「雖不中，亦不遠。那個山神以前的確並不是想要人牲的神。」

果然不出所料。

「只不過，你說的情況並非全都是事實。」少年補充說：「我並沒有試圖讓山神變成妖怪，而是認為即使山神稍有改善，也無法完全恢復成原本的樣子，才會這麼焦急。」

若不解決這個不安定的山神，有朝一日，祂可能又會變回妖怪，危害志帆。只是希望在造成無可挽救的後果之前，將志帆營救出來。以少年外形現身的英雄如此主張。

「趕快拋棄不切實際的希望，動手營救志帆吧！」英雄冷然地說。

「山神現在已經漸漸不再是妖怪。最好的證明，就是你完全無法出手。」奈月彥不甘示弱地反駁道：「我認為目前放棄還言之過早，志帆大人應該也持相同的意見。」

「志帆嗎？」英雄瞇起眼睥反問。

「對，她一定會說，不希望山神成為妖怪，並努力把祂變回原來的模樣。」

「因為她已經被這座山洗腦，處於不正常的狀態嗎？」

「無論是基於什麼原因，目前的她將山神視為兒子倍加疼愛，這是事實。在這種狀態下，她不可能求助。若不顧一切消滅山神，她一定會受到很大的傷害，這也算是在營救她嗎？對你來說，得到新山神的地位和營救志帆，到底孰重孰輕？」

「對我來說，志帆當然最重要。」英雄不悅地說完，大聲歎氣道：「唉，好啦好啦！既然你這麼說，那就盡量試試看。」

英雄用力抓著頭，露出憤恨的眼神抬頭睨覷著奈月彥。

「不過時間不多了，這座山上有我們無力干涉的力量在發揮作用，尚不清楚日後會產生怎樣的影響。你們胡亂行動，是無法解決問題的。」英雄停頓了片刻，用指尖敲著桌板建議道：「無論如何都想讓山神恢復原樣，那就努力找出祂原本的名字吧！」

「原來的名字？你是說，山神除了『山神』以外的名號嗎？」大天狗瞪大了眼反問。

「那傢伙在吃人牲之前，應該有個正式的名字。」英雄語氣嚴肅地回答：「神的名字就是神的存在本身。你們聽好了，這個山神是換過名字、變更過標籤而持續生存的載體，是帶有以前記憶的自我。」

抱著雙臂的英雄露出略有深意的銳利眼神，凝視著奈月彥。

「一旦忘了名字，失去載體的記憶當然就會離開身體，重要的自我也無法維持完整的形態。祂不知道自己是誰，因此迷失了儀式的本質，整件事便開始變了調。」

奈月彥精瘦的身軀微微一僵，由於感同身受，下顎不由得抽緊。

「等一下，照理說，我也應該帶著歷代族長的記憶出生，卻一點都不記得。」
「這代表，你也忘記了自己身為神的名字。」
反過來說，只要能夠想起神名，就能尋回失去的記憶。
「只不過，要尋回失去的名字，並不是一件容易的事。你可以盡情掙扎，直到你自己滿意為止。」
英雄語帶挖苦地說完，便像一陣輕煙般消失了。
「他不見了。」完全遭到無視的久乃低喃著，接著目瞪口呆地驚問：「所以……現在該怎麼辦？」
原本繃緊神經的大天狗頓時放鬆了全身，頹然地倒在沙發上。
「……也就是說，」他拿下眼鏡，揉著痠澀眼睛，說道：「我們必須調查山神在吃人牲之前，別人稱呼祂的名字。」
只要查出祂原來的名字、找回祂非惡神的自我，理論上，志帆就不會成為人牲。
「而且志帆在這座山上的任務，是把嬰兒培養成出色的山神。只要查出山神真正的名字，志帆也能成為出色的巫女，讓那位山神成長為原本的模樣……」奈月彥一臉冷肅地接過大天狗的話，繼續說道：「當志帆大人完成使命之後，山神就有可能釋放她。」

奈月彥回到神域，發現山神的居室內堆滿了色彩繽紛的布料。

鋪了榻榻米的地上，放著有各種刺繡裝飾的桃紅色或金黃色的外袍，上面堆放許多很像山神最近開始佩戴的翡翠和瑪瑙首飾。髮飾和鑲了琉璃珠的王冠，也從黑色漆器的工具箱內滿了出來。

「這到底是……？」

「奈月彥！」

志帆看見目瞪口呆的奈月彥，一臉手足無措地跑了過來。

之前替她準備的替換衣物，都是簡單樸素的白色小袖，然則現下志帆穿著一件繡著白色菊花和紅色檜木扇、富有光澤的深藍色高級衣裳。

「怎麼了？」

志帆還沒有開口，山神就神氣活現地開口。

「是我吩咐真赭拿來的，因為不能讓母親大人一直穿那麼簡陋的衣服。」

「奈月彥，你也幫忙說些話。我明明不需要這麼多衣服，這孩子就是聽不進去。」

「母親大人，妳不喜歡衣服嗎？那說說看想要什麼？」山神樂不可支地問。

志帆抱著頭，看向在房間角落露出苦笑、穿著白衣的真赭。

「椿，你聽我說，之前的確曾經覺得物資不足，但自從真赭來了之後，就完全沒有這方面的問題。如果再添置衣物，就變成鋪張浪費了。奈月彥，你是不是也這麼覺得？」

奈月彥瞧見表妹露出為難的眼神，又瞥向山神和志帆，最後決定不得罪任何人。

「……可以稍微添個幾件，而且穿在妳身上很好看。」

「就是嘛、就是嘛！」山神聽了奈月彥的稱讚，心滿意足地點頭說：「喂，烏鴉，以後再多帶一些過來。」

「不行不行，這些衣服就已經夠了，暫時不需要。」志帆轉頭對著真赭說：「那些裝飾品都帶回去吧！」

「為什麼？妳也不喜歡珠玉嗎？」山神一臉大惑不解地問。

「雖然我很喜歡漂亮的東西，但並不表示想戴在自己身上。」志帆柔聲地解釋完，接著一臉嫌棄地說：「而且戴了那些髮簪，根本沒辦法打掃房間。」

「反正有真赭在，妳不需要自己打掃啊！」

「你該不會打算讓真赭負責所有的房間？」

「她一個人如果忙不過來，要不要再找其他烏鴉或是猿猴，增加這裡的人手？」

「自己的房間當然要自己打掃，否則你永遠都無法獨立。」

山神聽了志帆的話，倏然顯得有些惶惶不安。

「志帆，等我長大以後，妳就打算離開這裡嗎？」祂低聲問道：「妳會離開我嗎？」

空氣中充滿一觸即發的緊繃。

「……你真傻，我怎麼可能會離開你？」志帆緊咬著嘴唇，溫柔地拍拍椿的頭。

「母親大人！」山神撒嬌似地抱住志帆，祂現在已是超過十歲的孩子。「不管妳想要什麼，請儘管告訴我，我都可以為妳實現，所以要一直一直在這裡喔！」

志帆還沒有回答，奈月彥就先插了嘴。

「山神大人，我有一事想要請教。」

「什麼事？幹麼這麼鄭重其事？」山神仍緊抱著志帆，轉過頭問道。

「我想知道別人以前是怎麼稱呼您——也就是山神大人以前的名字。」

山神和志帆都困惑地瞪圓了雙眼。

「你為什麼想知道這種事？」山神歪著頭反問，並沒有動氣。

「不，只是覺得好奇……我是否造成您的不悅？」

「那倒沒有，只是我沒辦法告訴你。」山神滿不在乎地說：「因為這麼久以前的事，我早就忘記了。」

英雄果然說對了，山神忘記自己的名字。

「抱歉，問了這麼奇怪的問題。」

奈月彥告辭離開後，志帆追了出來，大聲叫住他。

「等一下！」

「志帆大人？」

「剛才的問題是怎麼回事？你在調查椿嗎？」

奈月彥遲疑了一下，不確定是否該據實以告。不過，當瞥見志帆一臉嚴肅的表情後，便改變了主意，認為實話實說才是上策。

「那孩子原來的樣子……？」志帆杏目圓瞠。

「祂以前應該並不是會吃人牲的神，只要知道祂之前的樣子及名字，或許能幫助山神大人。」奈月彥微微頷首，接著問道：「妳有發現什麼嗎？即使只是直覺也無妨。」

志帆咬唇思忖了半晌，低垂眉尾，露出沒什麼自信的苦笑。

「我跟你說，來這座山上之後，我有時會做奇怪的夢……也許真的就只是夢而已，可能沒辦法提供什麼線索。」

「沒這回事，妳現在做的夢，已經不是普通的夢了。」奈月彥振奮地說道。

「是這樣嗎？那我就說了。」志帆為難地溫聲道：「我認為你們說得對，椿原本並不會吃人牲，而那些成為活供的人，也並不是人牲。祂是因為某種契機，才會變成目前這樣。」

話到這裡，她略頓了一下，接著嚴肅地說：「至少，最初的活供很高興能夠成為山神的母親。只不過，這種慶幸的感覺，或者說成為活供的喜悅，隨著時間漸漸消失……有一次，某個活供另有了心上人，很不甘願被帶來這裡。」

當那個活供想要逃走時，就被猿猴殺死了。

聽到這裡，奈月彥倒吸了一口氣。
「妳認為，這就是活供變成人牲的契機嗎？」
「我猜想是這樣……至於真相如何，就不得而知了。」
接著，志帆又一五一十地說明之前那個女人如何協助她逃亡，以及當時夢境的內容。
奈月彥一字不漏地仔細傾聽。
「而且幫助我逃走的人和歷任活供，好像都叫玉依姬。」
「玉依姬？」
「是的，玉、依、姬……我猜應該是這樣寫。」志帆在空中寫了三個字。
「我瞭解了。抱歉，打斷妳說話，請繼續！」奈月彥頷首說道。
「不，我能說的差不多就只有這些。」志帆抬眼注視著奈月彥說道：「而且回來這裡之後，就不曾做類似的夢。不知道有沒有參考價值？」
「有，很有價值！」他意味深長地點頭回答。

「玉依姬？該不會是玉依姬尊？」

大天狗顯得十分興奮，久乃則滿臉訝異。

上次三人決定事情有所進展前先分頭調查，現下正聚集於大天狗家的客廳。

「那是誰？」

「她被認為是初代天皇，也就是神武天皇的母親，相當於目前天皇家族的祖先。」

等一下、等一下！大天狗急切地說完後，乍然捂住自己的嘴。

「果真如此的話，那就和八咫烏也有關係。」他雙眼發亮地問：「八咫烏不是曾經為神武天皇帶路嗎？」

「你不要這麼性急。問題在於，玉依姬並非只有一人。」奈月彥搖著頭回應。

「啊，對喔！還有這個問題……」大天狗聽了奈月彥的話，頓時感到沮喪。

奈月彥之前在人界時，曾經調查過人類和八咫烏的關係，所以當志帆提到〈玉依姬〉這個名字時，他立刻想到好幾個和八咫烏有關聯的玉依姬。

「還有其他叫這個名字的神嗎？」久乃好奇問道。

「簡直多如繁星。」奈月彥一本正經地回答。

「啊？」

「通常認為，玉依姬這個名字是指神靈附身的女人，也就是侍奉神的所有巫女。」

巫女是被神所愛的女人，可以是神的母親、妻子或是女兒。因此，許多神的名字都叫做玉依姬，全國各地也有無數祭祀玉依姬的神社。

「聽到玉依姬這個名字時，我聯想到三位有名的神明。首先，就是剛才提到的，神武天皇的母親玉依姬尊。」

這位姬神被認為是海神的女兒。

玉依姬的姊姊豐玉姬，和天皇家的祖先天津神結婚生子，由於丈夫違反了不守護她分娩的約定，於是她不得不在生下孩子後獨自回到大海。之後便由妹妹玉依姬代替姊姊養育那個孩子長大，並和他結了婚，生下神武天皇。

「除此以外，還有大物主神的妻子活玉依姬。」

這也是三輪山傳說和大神神話的故事內容。

活玉依姬是個花容月貌的女人。某日，一位身分不明的男人經常來找她，她好奇對方究竟是誰，於是就把綁了線的針偷偷別在男人的衣服上。最後發現那根線連到大和的三輪山，才知道男人就是三輪山的大物主神*。

「最後是賀茂別雷神*的母親，賀茂的玉依姬。」

這位是因丹塗箭傳說出名的玉依姬。

在河中洗澡的玉依姬撿到一支紅色的箭，便置於枕邊，豈料她竟然懷孕，還生下了孩子。為了找出誰是孩子的父親，外祖父把酒交給那個孩子，請他拿去給爸爸喝。結果孩子衝破屋頂，飛上了天空。而他的父神是火雷神，也叫大山咋神。

神武天皇雖然是和八咫烏有密切關係的神，但有傳說認為他妻子的母親是活玉依姬，也有傳說認為，賀茂玉依姬的父親，就是當年為神武天皇帶路的八咫烏。

「我認為和這些神話有關的神之分靈，就是山神的真面目。」

「不好意思，我一直發問。」久乃誠惶誠恐地舉起手。「請問分靈是什麼？我只有偶爾聽過分祀。」

*注：大物主神，是日本神話中登場的的神祇，別名為三輪明神，具備蛇神、水神和雷神的神格。

*注：賀茂別雷神，為日本神道之神祇，該神祇在《古事記》及《日本書記》神話中並未出現，神名中「別」乃分開之意，是「擁有將雷分開之力量」的神祇，卻不是雷神。

「由我來說明吧！」大天狗自告奮勇地接棒。「神道認為，神明可以無限分裂。」所謂分祀，就是讓神分裂，在各地祭祀。分裂的神就是分靈，也稱分香，祭祀分靈的神社則稱為分社。神明本尊叫做本靈，祭祀本靈的神社稱為本社或本宮。

「神社的祭典不是經常有神降儀式嗎？看到那個儀式，就會有人納悶，難道神明平時不在神社內嗎？其實並不是這樣，本靈隨時都在神社內，所以才說神能夠分裂。」

久乃聽了他的說明，似乎終於瞭解。

「所以你們的意思是，剛才所說的三位女神中的其中一位，和志帆說的玉依姬是同一位神明嗎？」

「簡單地說，就是這樣。」奈月彥點著頭回答：「不過，接下來才是問題。雖然乍聽之下，剛才的三個神話是不同的故事，但在這一帶認為三輪氏、賀茂氏和秦氏互有關聯，彼此有深入而複雜的關係。若要找相關的神話和傳說，絕對不在少數。」

而且神明很麻煩，即使是同一個神明，靈魂的性質不同時，就會有各式各樣的名字，而且還會被視為不同的神。

神和人的靈魂可以根據性質，大致分為〈荒魂〉、〈和魂〉兩大類。

「簡單地說，和魂就是溫和平靜的部分，荒魂就是粗魯暴力的部分。剛才提到的三輪大物主神，在某些書籍中，就成為大國主神的和魂。」

「儘管無法斷言這些神原本就是同一個神……」大天狗瞥了書櫃一眼，說道：「但和魂、荒魂經常被視為不同的神，分別進行祭祀。所以只憑剛才那些線索，還無法斷定山神的真面目。」

大天狗雖露出了苦笑，卻並沒有感到失望。

「這些都在意料之中，我也找到一些線索。首先是這些文獻資料……」他把紙袋裡的資料夾拿了出來，繼續說道：「調查了我們天狗和八咫烏的交易紀錄後，發現最古早的紀錄是天明十年，也就是一七八四年。」

「距離現在兩百一十一年前。」

「對，之後的商業交易都有明確的紀錄，卻完全沒有留下當時和八咫烏之間的談話，以及對山神的評價之類的內容，所以沒有參考價值。」

這很像是天狗這種精明的生意人做事的方法。奈月彥內心暗忖道。

這時，久乃從背包中拿出手抄的筆記本。

「我搞不懂那些複雜的神話故事，所以跑到鄉土資料館和縣立圖書館查閱資料。在那裡找到戰後不久出版的書，裡面專門收錄這一帶的傳說，但除了在村莊內流傳的故事以外，並沒有新的軼事。只有龍沼的活人供品傳說，以及烏鴉和猴子的故事。」

「烏鴉和猴子的故事？那是什麼？」奈月彥好奇地反問。

「你不知道嗎？」久乃露出訝異的神情。

某次，霪雨霏霏的壞天氣，持續很長一段時間，村莊裡農作物全毀。

「真希望太陽趕快露臉。」

村民正在為壞天氣傷透腦筋時，烏鴉聽到他們的談話，主動對他們提出要求。

「若你們願意提供食物，我可以幫你們請求山神，讓天氣放晴。」

村民照做之後，果然立刻天清氣朗。

於是，每當村民希望放晴天時，就去會拜託山神的烏鴉使者。

豈料過了一陣子，烏鴉因大吃大喝，過胖飛不起來，不小心掉進了龍沼。

猴子見狀，放聲大笑。

「你們不要再餵食烏鴉了。只要給我食物，我就去幫你們請求山神，讓天氣晴朗。」

村民也照做了，太陽果真露了臉，於是村民開始拜託山神的猴子使者。

豈料又過了一陣子，猴子也因太胖從樹上摔下來。

烏鴉見狀，仰天大笑。

烏鴉和猴子一起反省，認為都是貪心誤了事，於是約定各自承擔一半的使命。

從此之後，村民想要天氣放晴時，就會給烏鴉和猴子各一半供品。

「這就是故事的內容。」

「啊？就這樣而已？」大天狗聽完，有點洩氣地說：「聽起來很現代，以傳說來看，故事情節缺乏惡毒的元素。」

「這個故事不就表示，烏鴉和猴子都是山神的使者嗎？」

而且，現在的確是八咫烏和猿猴同時服侍山神。

大天狗似乎難以認同，奈月彥不明白他覺得哪裡有問題。

「猴子和烏鴉是神的使者……」大天狗看著半空，嘴裡喃喃自語，倏地眉心微蹙。

「啊……在玉依姬有關的神明中，有沒有猴子是使者的神社？」

「找一下或許有，只是我一時之間想不起來。」

「不，應該就是和剛才提到的那些神相關的神社。」

「什麼？」

「等我一下。」

大天狗從沙發站了起來，在書櫃深處挖出一本很厚的書，立刻翻閱起來。

「神的使者是猴子……猴子……啊！找到了，就是這個！」

久乃從大天狗的背後探頭張望，扶著老花眼鏡，困惑地擰著眉。

「滋賀縣的日吉大社？」

「日吉大社的神使，就是被稱為神猿的猴子。」

日吉大社有東本宮和西本宮兩大本宮，其中西本宮祭祀的大己貴神，別名大國主神，是從三輪山的大神神社請來的。

「就是有活玉依姬傳說的三輪山嗎？」

「對，問題在於，更早祭祀的東本宮神祇。」

「是哪一位神？」
「就是大山咋神。」
大山咋神和父親是八咫烏的賀茂玉依姬，有著神婚傳說。
一切終於有了交集。奈月彥暗忖道。

志帆和椿吃完早餐，也收拾完畢後，奈月彥提出想和山神談一談。
那是個晴朗的日子，陽光燦爛，綠樹下的陰影也很深，清澈的泉水旁充滿清涼的空氣。
莫莫像往常一樣打算去玩耍，看到山神沒有跟上來，歪著頭露出納悶的表情。志帆對莫莫說：「等一下。」於是牠又跑回來，乖巧地坐在地上。
志帆坐在樹蔭下的石頭上，而山神站在她的身後，從背後抱住她。
「有什麼事要說？你最近好像在外界頻繁活動。」山神試探地問。
「我正在調查山神大人以前的名字。」奈月彥躬身行禮說道。
「你之前也提過這件事。就這麼在意嗎？」

「是，因為山神大人遺忘了原本的神名。恕我僭越，我猜想正是這個原因，您的力量才會不安定，我希望能夠助您一臂之力。」

志帆看到椿默不作聲，輕輕拍了拍身旁的岩石。

「椿，聽起來像是很重要的事，你先坐下來吧！」

「好的，母親大人。」山神順從地回應，在奈月彥面前坐了下來。「你繼續說吧！」

「那我就有話直說了。山神大人，以前別人是否叫您，賀茂別雷神？」

「賀茂、別雷……」

即使聽到這個名字，山神仍然沒有明確的反應。

志帆瞧見椿心不在焉的模樣，轉頭看向奈月彥。

「你應該是有什麼原因，才會這麼說吧？」她好奇問道。

「對。我在調查能夠擁有八咫烏和猴子作為使者，同時母親又是玉依姬的山神之後，查到了賀茂別雷神。」

依照和大天狗討論的結果，他們認為這座山上的信仰，可能源自日吉大社的祭祀。

「日吉大社的大山咋神，被認為和玉依姬結了婚。」

神話故事中，賀茂的玉依姬在河裡嬉戲時，撿到丹塗箭，於是懷了御子神，甚至有人認為丹塗箭的真面目就是大山咋神。

「在日吉大社中，祭祀了妻子賀茂玉依姬、神婚後出生的兒子，以及玉依姬的父親這三尊神明，那個兒子就叫賀茂別雷神。」

而賀茂玉依姬的父親，則被認為是八咫烏之祖的神明。

「歸納總結後，很可能是以下的情況。」

日吉大社祭祀的賀茂別雷神因為某個契機，需要在此地設立分社，於是從西方來到這裡。當時也帶著外祖父的眷屬八咫烏，以及父親的神使猴子同行。

順利設立分社後，由這裡本地的女孩主持神事，成為侍奉神的巫女。正如神話中的情節，巫女懷了賀茂別雷神，發揮了玉依姬的作用。如果巫女就是活供的原型，就可以有合理的解釋。

山神一言不發地聽完奈月彥的說明，仍舊面不改色。

「原來是這樣，所以你認為我以前就是日吉大社的賀茂別雷神。」

「是。」奈月彥眸底閃過銳光，觀察著山神的反應。

只見祂先是重重地歎了口氣，接著無奈地漾起苦笑。

「那又怎麼樣呢？」

「啊？」

「無論別人以前怎麼叫我，一點都不重要，因為我現在已經有『椿』這個母親大人為我取的出色名字了。」

椿對志帆露出燦爛的笑容，然後從岩石上輕快地跳下來。

「如果你要談的只是這件事，那我要走了，因為我和真赭約好要一起去抓溪蟹。我們走吧！母親大人。」

山神親暱地牽起志帆的手，正想邁步離開，奈月彥慌忙地叫住祂。

「請等一下！還有一件關於猿猴的事要向您報告。」

「……關於猿猴的事？」山神聞言停下腳步，眼神銳利地覷向他。

奈月彥在表現出願意聆聽的山神面前，突然屈膝跪下。

「我一直認為，巨猿在挑撥您和我們八咫烏之間的關係。若我們都是神的使者，並發自內心效忠山神大人，做這種事根本沒有好處。」

奈月彥一直在思考巨猿的目的，聽了大天狗說的話之後，終於恍然大悟。

「剛才的推論屬實的話，我們八咫烏是神直接的眷屬，但猿猴只是以使者的身分被帶來這裡，他們直接侍奉的大山咋神也並不在此地。巨猿可能對這兩件事感到不滿。」奈月彥帶著堅毅的決心說道：「山神大人，我深知這番話無禮之至，但在志帆大人來此之前，您差一點變成妖怪。」

山神並沒有動怒，只是默不作聲地示意奈月彥繼續說下去。

「古今中外的猿神都有食人的傳說。殿下以前並非會吃人的神，卻把巫女視為活供開始啃食人類，這是否受到巨猿的慫恿？」奈月彥的語氣不由得急促起來。「因此我猜想，巨猿打算利用我們失和，將我們一網打盡，自己成為新的山神，接管此地。」

志帆眉頭深鎖，困惑地看向山神，發現祂絲毫不為所動。

「……你想說的話都說完了嗎？」

山神漠然的語氣中，完全聽不出拉著志帆的手玩耍時的天真無邪。

「是。」奈月彥垂首回應。

「我充分瞭解你想表達的意思。」山神重重地點了點頭，說道：「志帆來這裡之前，我的確神志不清，變成了食人的妖怪。你說，可能是受巨猿唆使，此話或許不假。然而，在你們八咫烏離開我的一百多年來，猿猴始終留在我身邊不離不棄。」山神的語氣猛然一轉，充滿威嚴地厲聲道：「你才剛回來沒有多久，就自以為是我最大的忠臣嗎？」

山神的怒氣帶著堅定的意志，和以前大發雷霆的瘋狂完全不同。雖然祂並未大聲咆哮，但周圍的空氣彷彿頓時沉重了起來。

「更何況我會殺那些女人，是她們自己有罪。這和受到誰的慫恿無關，是我憑自己的意志，決定要這麼做。你不要越俎代庖，多管閒事。」

山神低頭俯睨奈月彥的表情冷酷至極。

「山神大人……」

「而且，猿猴也曾經對我說過完全相同的話。牠說烏鴉想要殺我，然後取代我。你應該並非毫不知情吧？」山神輕蔑地撇著嘴角，好似在嘲諷。「若你沒有想要取代我的想法，就不可能猜忌猿猴會有這種念頭……」

「請等一下！」奈月彥不由得喊叫出聲。「不，絕無此事！」

「你們的確是用那種眼神，注視著我這個吃人的妖怪。」

「以前曾經如此，現下我們對您完全無此叛意。」

「猿猴聽了你的發言，應該也會說同樣的話。」

奈月彥胸口一窒，頓口無言。

「對我來說，你們都一樣。讒言不必再說！」

「但是……」

「至少猿猴始終不離不棄地陪伴在，我這個你們口中的妖怪身旁。現在因為有了志帆，所以牠沒有隨侍在側，但你們離開我到底有多久了呢？」

奈月彥一時無話可說，山神對八咫烏的不信任依然難以消除。

「椿。」

志帆看見奈月彥啞然無言的樣子，不知想到了什麼，扯著山神的袖子，安撫祂的情緒。

半晌後，祂的態度漸漸緩和下來。

「……話雖如此，我並非你們的好主子，這也是事實。今天的事，我就不加以追究，只是你得自我反省。」

「是。」奈月彥低垂著頭，沉重地回應。

「母親大人，我們走吧！」

山神隨即恢復孩子氣的表情，拉著志帆往外走，和前一刻的冷酷簡直判若兩人。莫莫見狀，也搖著尾巴站了起來。

沒想到，志帆委婉地推開山神的手，轉身看著奈月彥。

「奈月彥，謝謝你辛苦調查了這些事。你做這一切都是為了我們，對嗎？」

志帆說完，垂下眉尾地輕笑起來。

「老實說，我覺得這個孩子以前的名字，並沒有那麼重要。椿就是椿……即使祂以前有別的名字，若無視祂現在內心的想法，是完全無法解決任何問題的。」

志帆溫柔地摸著山神的頭，祂開心地依偎在志帆身上。

「志帆說得對。烏鴉，我並不想恨你們，只是不想聽你隻字不提自身問題的戲言。」

「……是。」奈月彥斂下頹然的眼眸。

椿和莫莫一起在溪谷中玩得不亦樂乎，晚餐後，便立刻開始揉眼睛，比平時更早上床。

最近就寢，椿都和志帆一起睡在臥室深處的臥榻上。

志帆躺在椿身旁，輕輕拍著祂的後背，祂很快就發出了均勻的鼻息。

志帆環顧地打量室內，發現這裡增加了許多東西。夜晚的月亮露了臉，窗邊很明亮，可以清楚地看見她和椿一起插的虎皮百合，有著彎曲的花瓣形狀。

房間內到處都是真赭帶來的球和陀螺，還有莫莫撿回來的樹枝。莫莫正安靜地睡在腳下，牠似乎正處於喜歡亂咬東西的年紀，和牠一塊玩耍時，衣服經常被咬破。

驀然，莫莫清醒了過來，緩緩抬起頭。

「山神大人已經睡了嗎？」

許久未見的巨大身影出現在岩石屋入口，是巨猿。

椿睡得十分香甜，流露出一臉稚氣。

「如果有急事，我可以叫醒祂。」志帆撫摸祂的背，小聲回答。

「不，不用了。」

巨猿走了進來，一看到莫莫豎起耳朵，便立刻停下腳步。

「你果然不喜歡莫莫。」

「俗語說，犬猿之交，水火不相容。在這件事上，我們真是完全無能為力。」

其實和其他體型矮小的猿猴相比，巨猿對莫莫並沒有太大的畏懼。

頓時，陷入一陣短暫的沉默。

志帆想到，這是她第一次和巨猿單獨說話。她並沒有忘記奈月彥早上說的話，她也知道巨猿以前做了什麼，不過牠在昏暗中俯看椿的表情十分平靜，毫無波瀾。

「你想要這座山，所以希望推翻椿嗎？」

巨猿聽了志帆的話，驚愕地倒抽一口氣。

「……妳就這麼直截了當地問我嗎？」牠重重地歎氣道。

「我不喜歡拐彎抹角。」

「烏鴉應該對妳很頭痛，勸妳趁早離開，才是智舉。」

儘管巨猿說話的語氣充滿無奈，看起來還是氣定神閒，鎮定自若。

志帆對於自己能夠心平氣和地與巨猿對話，感到相當驚訝，同時覺得這也許才是牠原本的樣子。

「事實究竟如何呢？你想成為山神嗎？」

「既然妳這麼認為，那大概就是這樣吧！」巨猿滿不在乎地回答。

「你並沒有否認。」志帆眨了眨眼，傾著頭說。

「妳要我否認哪一個部分？我的確希望這座山成為我們的地盤。」

「這座山屬於誰，有那麼重要嗎？」

「對，很重要，至少對我很重要。但妳不要誤會……」巨猿倏忽硬聲說道：「我在承諾成為神使之後，從來沒有直接危害過祂，現下也沒有這個打算。那些女人送命是自作自受，是山神大人的意志決定要吃她們的肉。」

志帆下意識將手置於椿的背上，試圖保護祂。

「……但是這孩子並不想殺她們。」

「不，有某種契機讓祂做出這種行為，只是妳不知道而已。」

志帆沉默片刻，她之前就隱約察覺到這件事。

「這個孩子會做出這種行為，果然是發生過一些事嗎？」

「即使有，也和妳無關。」

巨猿冷淡無情的態度，能明顯感受到牠拒絕談論此事。

「如果我說服椿，把山神的地位讓給你，你會怎麼辦？」志帆的手再度輕撫山神的背。
巨猿聞言，立刻噗哧一聲輕笑起來。
「妳說話還是這麼有意思！」
「雖然這孩子目前很在意自己山神的身分，但我認為椿就是椿，即使不是山神也沒有關係。既然因為山神的地位產生了這些紛爭，乾脆放棄反而對祂更好。」
巨猿忽地收起了笑容。
「是啊……貪得無厭沒有任何好處。」牠低吟似地喃喃道。
妳說得完全正確。
「……不過能否做到，則又另當別論。」
語畢，巨猿彷彿失去了興趣，果斷地轉身離開。
莫莫目送巨猿的背影離去後，重新趴回地上，閉上眼睛。
志帆垂首看著椿，祂可能因在母親的懷裡感到安心，一臉平穩地沉睡著。志帆為祂撥開黏在臉頰上的一縷頭髮，陡然間，椿睡眼惺忪地嘟噥了一句：「紗代。」
「紗代……？」志帆狐疑地低聲問道。

椿似乎已完全清醒，祂訝然瞠目地盯著志帆好半晌。

「沒事！志帆，忘了這件事吧！」

椿一臉凝重地想埋進志帆的胸前，她沒有說話，只是緊抱著伸手過來的椿，愣愣地思忖著巨猿剛才說的話。**改變這個孩子的契機，到底是什麼？**

尊貴的神不可能突然變成吃人的妖怪，至少出現在志帆夢境中的山神，看起來完全不像是會吃活供的神明。

這個孩子過去到底發生了什麼事？

「之前不是說，用這種方法能讓志帆回來嗎？結果還是失敗了。」

久乃不停唉聲嘆氣，大天狗不知如何是好。

來向他們報告結果的奈月彥，也臉色凝重地不發一語。

太奇怪了，照理說不應該是這樣。

「奈月彥，山神看起來真的完全沒想起什麼嗎？」

「祂非但沒有回想起什麼，還對我說：『那又怎麼樣？』甚至認為巨猿的事是讒言。」

「怎麼會……」

原本以為即使山神不可能立即釋放志帆，只要祂對過去的自己有明確認知，意識就會改變。豈料，祂根本不當一回事。這意味著，賀茂別雷神這個神名可能有誤。

我們到底哪裡出了差錯？大天狗焦慮地咬著大拇指。

陡然，一個年輕的嗓音幽幽傳來。

「太遺憾了。」

他出現了！已經成長為十六、七歲的銀髮少年，毫無預警地出現在眼前。**他明顯比之前長大了許多**。大天狗兩眼發直地愣在原地。

「你……」

「用你們的方法，只能查到留下文字紀錄的神名。」

這句話是什麼意思？大天狗正打算開口詢問，驀地理解了其中含意，身軀不禁一僵。

「你現在才想到嗎？就算未留下任何文獻資料，沒有任何一片土地不存在神。」

少年似乎對他們沒有想到這件事，感到有點失望。

「縱使賀茂別雷是山神的原型之一，在祂來此之前，這片土地不可能沒有任何神明。」

神可以無限分裂，而且還可能在神的身上結合不同性質的信仰。

「外來的神和土地神調和，成為新的信仰時，就會用不同的名字來稱呼。所以我之前就說了……」英雄露出一絲落寞的眼神說：「根本就不可能找回失去的名字。」

汪汪！一聲低沉粗獷的狗吠聲傳來。

大天狗驚詫地猛然回頭一看，發現玻璃窗外有隻狗正盯著他們。**好大的狗！**大天狗從未見過如此巨型的狗，蓬鬆狗毛下的身軀，蘊藏著普通狗兒無法相比的力量。

「牠也已經長大了。原本想要營救志帆，現在看來一切都為時已晚。」

接下來無論事態如何發展，都不要恨我。英雄低聲說完這句話後，便消失不見了。

「可惡！我們真的無法再做些什麼了嗎？」大天狗氣惱地抱著頭。

「久乃婆婆，妳是否有想起任何關於村莊的事？」奈月彥神情凝重地問道。

「想，想起？」

「任何事都沒有關係，有沒有人用『山神』以外的名字，稱呼山神？」

久乃絞盡腦汁，努力思考了許久。

「由於山神住在龍沼，當時村民都會說，山神有著龍的外形。在秋收之前，祂會變成龍，從山上進入龍沼內。」

「潤天，怎麼樣？」

「龍神能夠召喚雷、雨，是全國各地都信仰的水神和農耕神，並不算是一個專有名詞。真希望村莊還保留古老的文獻。」

「古老的……文獻……」久乃沉思了片刻，乍然想起一件事。「操作指南可以嗎？」

「操作指南？」

「對，舉行儀式的『頭人』家中有一本舊冊子，上面寫著祭典的步驟。」

「就是那個！」原本癱坐在沙發上的大天狗，像是彈簧人偶般興奮地跳了起來。「上面有沒有寫祈禱文？」

「不知道，我只有在交給鄰居家時瞥過一眼，那是代代相傳的舊冊子。」

大天狗和奈月彥的眼神中再度燃起生機，他們互看了一眼。

「……在看到內容之前無法斷言，但並不能排除可能性。」

「問題在於……」大天狗愁眉苦臉地說：「即使從正面進攻，要求看那本冊子，村民一定會拒絕。」

他之前曾以田野調查的名義，向村民打聽祭祀的事，卻遭到強硬的回絕。村民連一杯茶都沒有請他喝，幾乎是將他踢出山內村。

「現在有我。」久乃信心十足地說：「目前這本冊子，應該在修一的家中。這是唯一的機會，我去拿來。」

「妳說，妳要去拿……該不會打算去偷出來？」奈月彥內斂的黑眸中，浮現出錯愕。

「這也沒辦法，」久乃認真地想盡一分心力。「我在尋找神名這件事上，幾乎幫不上任何忙，所以這次就交給我吧！」

大天狗稍微思考後，拍了拍手，下定了決心。

「我知道了，不過至少讓我陪妳一起去。」

「你？」

「我畢竟是天狗，比普通人身手更矯健一些。只要趁晚上偷溜進去幾次，應該能找到那本冊子。」

「但是……」久乃搖了搖頭，解釋道：「操作指南應該是放在，和二樓角落的房間相連的閣樓，祭典時使用的祭壇和大型道具都放置在那裡。只要房子沒有改建，應該不會輕易更換地方。」

目前似乎是修一的兒子修吾，住在那個角落房間。

「所以晚上不行……」

「現在是暑假，小孩子都在家裡，而修一好像也在家工作。」

恐怕很難等到家裡都沒人，看來闖空門並非上策。

「如果你願意協助，事情就簡單了。我會將他們引到屋外，你就能趁機溜進去。」

「妳的意思是？」

「上次我登門拜訪時氣勢洶洶，修一把我趕了出來。這次只要我說想和他冷靜談一談，他應該不至於不理睬我。」

「真沒問題嗎？我認為事情不會這麼簡單。」奈月彥冷肅的表情，閃過一絲忐忑。

「如果不行，就只能發揮耐心，等他們家裡沒人時再行動。」

大天狗感受到久乃的幹勁。

「那我們就行動吧！」他信心十足地說：「目前並沒有更理想的方案，我們必須在那個英雄採取行動之前，盡快主動出擊。」

照目前的情況，志帆很可能因為袒護山神而被捲入危險。

無論發生任何事，絕對要營救志帆。

「妳來幹麼？我已經說了很多次，我不知道志帆的下落。」修一裝模作樣地說。

你的臉皮還真厚，竟敢睜眼說瞎話。久乃很想如此大聲叱責他，但努力忍住激動的情緒。她直勾勾地瞪著修一，她發現當年那個人小鬼大的可愛兒子，如今已是中年大叔了。事到如今，她並不在意志帆之前對她說的話，只是內心還是會湧現，分不清是難過還是空虛的感慨。

「……今天我來這裡，是為了其他事。」久乃壓抑內心的想法，語氣誠懇地說道：「上次不請自來，真的很不好意思。」

修一露出訝異的表情，修一的妻子繃著臉站在他身後。

久乃從後方的紙拉門之間，瞥到像是彩香的少女裙子。**關鍵人物修吾在哪裡？**

雖然沒有過問大天狗打算用什麼方法溜進來，但他現在應該躲在修吾的房間外張望。

「我一直想找機會和你好好聊一聊。我已經預約了餐廳，修吾和彩香也可以一起去。如果時間方便，一起去吃飯好嗎？」

「因為志帆逃走了，所以妳現在想要籠絡其他孫子嗎？」

「沒這回事，我也希望和他們建立良好的關係，不過現在我想和你聊一聊。」

「即使妳有什麼話要對我說，我對妳已無話可說，也不想聽妳辯解。如果是想要錢，請找別人吧！」

「我並不是要辯解，也不需要任何一毛錢。只是……對，我只是想知道你這三十七年來，到底是帶著怎樣的心情過日子。」

修一聽到這句話，頓時沉默不語，他皺起眉頭，好像在思考什麼似的。

久乃內心感到十分意外，她對此行其實並不抱有希望。因為是突然上門拜訪，久乃原本已做好心理準備，修一會二話不說，就關上大門拒絕談話，沒想到這種情況並沒有發生。

「老公。」

修一的妻子比久乃更沉不住氣，她沒有看久乃一眼，語帶責備地叫喚著丈夫。

修一聽到她的聲音，立即擺脫內心的猶豫。

「……我和妳沒什麼話好說，以後不要再來這裡了。」

請妳不要再來了。修一並沒有撂狠話，而是靜靜地、彷彿在說服自己般說出這句話，竟然和志帆前幾天的語氣如出一轍。

他和志帆果然有血緣關係啊！

久乃受到衝擊的同時，也深刻體認到，眼前這個即將半百的男人，確實是自己的兒子。

「修一。」

「妳走吧！」

「等一下！」

「算我求妳了。」

當久乃瞧見修一帶著痛苦的表情即將關上門時，不再是因為演戲，而是發自內心覺得必須和兒子好好談談。

「修一……我對不起你，讓你承受這麼大的痛苦。」她自然地脫口而出。

修一猛然停下關門的手，愣怔了片刻，接著用力推開原本想要闔上的門。

「妳現在說這些有什麼用！」修一怒氣衝天地大聲咆哮。「妳根本什麼都不懂！十歲的小孩也有自己的想法，我喜歡這個家，也喜歡家人。妳完全沒有任何解釋，就說『什麼都別問，跟我一起走』，我怎麼可能不加思索地點頭！」

「修一……」

「結果妳就只帶裕美子離開……完全來沒和我們聯絡，從此斷了音訊！妳知道被拋棄的我是帶著怎樣的心情活到今天嗎？」

「修一，是我的錯，都是媽的錯。」

「事到如今，真的……事到如今……」修一無力地垂下頭。

縱使久乃看不到他的眼淚，但瞥見他和小時候一樣下垂的嘴角，便知道他在哭泣。

修一！正當久乃打算從乾澀的喉嚨擠出聲音時，有個白色的東西乍然飄過眼前。她還沒意識到是什麼，胸口瞬間不自然地起伏了一下。她不知道發生什麼事，只覺得簡直就像有一隻手正捏碎自己的心臟。

「……媽？」修一似乎察覺到她不對勁，露出了毫無防備的表情。

久乃終於聽到修一叫自己一聲「媽」，很想出聲回應，卻無法如願。

「媽！」

久乃無法呼吸，胸口發悶，手腳末端瞬間變得冰冷，視野也逐漸變暗。

「久乃婆婆，妳醒醒！」

耳邊傳來尖銳的叫聲，應該是大天狗的聲音。

雖然知道有人跑了過來，但在那個人趕到之前，久乃已全身無力，癱軟地倒在地上。

怎麼了？我的身體發生了什麼狀況？

「趕快叫救護車！」頭頂傳來驚慌的大叫。

久乃臨終前映入眼簾的，是院子裡爭妍鬥豔的紅色紫茉莉。

第六章　落花

夏季，在一個樹木清香的晴朗日子，志帆和椿正帶著莫莫一起玩耍。

熾烈的陽光，穿越蔥翠欲滴的綠葉，變成一片葉隙光。最深只及膝的溪水十分清澈，濺起的水花熠熠閃亮。赤腳踢著水底，可以清楚瞧見浮動的細沙和泥土。

水邊的岩石上，真赭拿著乾布和乾淨的衣服，面帶微笑閑靜地看著他們。

這時，把頭伸進石頭之間的莫莫，倏忽搖著尾巴吠叫起來。

「找到了嗎？」

椿移開莫莫對著大叫的石頭，一隻溪蟹慌慌張張地衝了出來。

「好，幹得好！」

「椿，這裡，你快把牠趕到這裡。」

溪蟹靈巧地四處逃竄，只要抓到這隻溪蟹，真赭就會拿去油炸當作點心。

他們忘我地追著螃蟹，捲起的衣服都濕透了。

「抓到了！」椿興奮地叫喊道：「母親大人，妳看！」

志帆看到祂舉起的螃蟹，笑著為祂鼓掌。

「好厲害，這應該是到目前為止最大的？」

「我要送給妳。」

「哎呀！你真乖。但這是你抓到的，留著自己吃吧！」

「我要抓更大的，所以這個給妳。」椿興奮得漲紅了臉，心情愉悅地對莫莫說：「你要繼續幫忙找喔！」

這時，白色小狗豎起了耳朵，鼻尖轉向其他方向。

真赭所處的位置對面，巨猿正站在溪對岸的斜坡上方，俯視著他們。

「猿猴。」椿改變了說話的語氣。

許久未見的巨猿露出奇怪的表情，嘴角和眉間帶著一絲憐憫，但雙目難掩喜色。

「山神大人，您還好嗎？」

「好久不見，你特地來這裡有什麼事嗎？」

「我來這裡，是有事要向您的母親大人報告。」

「找我嗎？」志帆困惑地眨著眼。

這時，猛然吹來一陣強風，只聽到啪沙啪沙翅膀拍動的聲音，隨著巨大的陰影籠罩，頭頂上出現一隻巨大烏鴉。

大烏鴉急速飛向眼前的溪流，幾乎要把樹枝都折斷了。張開的黑色翅膀貼近水面後，瞬間像是拉起一塊濕掉的黑布般，下一秒，黑影變成了人形。

「奈月彥！」

從水中站起來的八咫烏青年，站在志帆和山神面前，擋住了巨猿。

「志帆大人，牠剛才說了什麼？」

「呃，牠還沒有說。」

「……這樣啊！」奈月彥輕嘆了口氣，隨即露出凝重的表情，喘著粗氣說道：「請妳先回去吧！等一下我有事要和妳談。」

「烏鴉，你不要阻撓。」巨猿挑起單側眉毛，挑釁地說。

「猿猴，閉嘴！」

「即使你想要隱瞞，她也遲早會知道，知情不報才大有問題吧！」

「怎麼回事？到底發生了什麼事？」椿露出銳利的眼神追問。

「沒……」奈月彥緊咬著牙根，內心十分掙扎。

志帆看得出奈月彥的表情相當僵硬，似乎欲言又止，不像他平時的作風。

「有話快說，不要敷衍。」椿口氣十分急切。

奈月彥瞥了志帆一眼。

果然是和自己有關的事嗎？志帆正想要開口詢問時……

「妳外婆死了。」

「住嘴！」奈月彥忍無可忍地厲聲道。

一時之間，志帆無法立刻理解巨猿那句話的意思。

「外婆？她不是去了村莊嗎？」志帆感覺自己全身的血液瞬間凍結。「騙人……」

她求助的眼神怔怔地望向奈月彥，只見他垂首斂眼，沉默未語。

「這一定是……騙人的，你們是不是想用這種方法把我帶回去？」

志帆不停地說著「**騙人**」，認為無論怎麼想，外婆都不可能突然死去。不久之前，自己還和外婆大吵一架。

「我才不會相信這種事。」志帆固執地斷言。

「請妳先靜下心來聽我說。」奈月彥一臉凝重地說：「妳外婆去妳舅舅家，兩人發生爭執，結果她昏倒了。她的確被送去醫院，但未必已經過世了。」

「你不要說這種安慰話。」巨猿冷笑道：「我親眼看到她倒下，那絕對是沒救了。」

「你不要胡說八道！」奈月彥對著巨猿喝斥完，轉頭看向志帆說道：「聽好了，在救護車趕到之前，大天狗已經盡全力急救，目前仍然有救回一命的可能性。」

暖風吹動樹梢，發出沙沙的聲響。

可能快下驟雨了。志帆想逃避現實的腦袋發出細語。

「所以……外婆真的昏倒了嗎？她沒有任何慢性病，怎麼會這樣？」志帆茫然地低喃。

「很可能是心肌梗塞。」奈月彥有些難以啟齒地回答。

「心肌梗塞？」志帆全身顫抖，腦袋無法正常思考。「外婆，現在的情況呢？」

「她被送去鎮上的醫院。」

「離這裡有多遠？」

「……加快速度的話，三十分鐘可以趕到。」奈月彥僅遲疑了一下，便迅速回答。

「椿。」志帆轉過頭看向椿，請求道：「請准許我外出。」

祂面無表情，一聲不吭地低頭盯著腳下。

「對我很重要的人現在生命垂危，你快點答應我外出。」志帆急切地懇求。

然而，椿仍然瞪著半空不發一語。

志帆見椿默不作聲，感到焦急不已，決定放棄繼續對話。

「我瞭解了，現在已沒時間，我之後一定會回來，到時再慢慢聊吧！」話一落，志帆便趕緊起身離開水中，並仰頭對著奈月彥說：「請你帶我去醫院。」

「……我不准。」

背後靜靜響起的聲音，讓志帆不禁寒毛直豎，她全身再度發冷，和前一刻的原因不同。

「椿……？」

當志帆忐忑地轉過頭，映入眼簾的是這一陣子鮮少見到的景象——不久之前，每天都帶著猙獰表情的椿。只見祂的臉上浮現的，是再明顯不過的憎惡。

眾人背後傳來真赭驚恐的抽氣聲。樹木被不平靜的風吹得沙沙作響。莫莫也跑到志帆身旁，對著牠前一刻還搖尾示好的椿發出了低吼。

「椿……」

「我不准，絕對不允許！對方是不是妳重要的人，都和我無關！」

「求求你，我一定會回來的！」志帆覺得眼前一片漆黑。

「少騙人了！」椿瞪大雙眼，激動地高聲叫喊起來。「妳是不是打算用這種藉口離開，然後永遠不回來這裡？我再也不會上當了。人類總是這樣！你們這些骯髒的卑鄙小人！」

「我……」焦急的志帆，未經深思熟慮地大叫道：「我曾經欺騙過你嗎？你不要繼續任性下去了，趕快讓開！」

「我不准！」

「好了，我知道你是乖孩子。」

「不行！」

志帆緊咬著唇瓣，說不出任何話，她真切感受到，至今為止努力建立的信賴應聲崩潰。

「……椿，我叫你讓開。」

「妳在對誰發號施令？我可是山神！」椿的語氣逐漸變得陰森可怕、充滿嘲弄，祂心浮氣躁地惡言道：「我不需要不聽話的傢伙，若妳再反抗，我會把妳吞了！」

祂的幽黑的瞳眸黯淡無光，原本彷若牛奶白淨整齊的牙齒，如今變得像獠牙般尖銳。前一刻渲染著桃色紅暈的光滑臉蛋，開始浮現醜陋的皺紋。宛如白雪般光芒熠熠的頭髮縮了起來，漸漸變成了髒灰色。

山神駝著背，露出桀驁的眼神，抬頭瞥向巨猿，硬聲下達命令。

「猿猴，把這個女人關起來，不能讓她離開這座山一步。」

「遵命。」巨猿用誇張的動作鞠躬領命。

「椿！你知道自己在說什麼嗎？」志帆看著椿和巨猿，痛苦萬分地喊叫。

「山神大人！請息怒！」奈月彥急切地試圖安撫。

「吵死了、吵死了！我不想看到你們！」山神摀住耳朵，不耐煩地搖頭大吼，接著祂對著閉口無言的奈月彥，怒斥道：「還在磨蹭什麼？這是我的命令，還不趕快退下！」

語畢，山神冷漠地別過頭，再也不看志帆一眼。

那天晚上，志帆被關在岩石屋內，得知了外婆的死訊。

雷聲隆隆。

不時被閃電照亮的室內，與志帆來這裡之前一樣凌亂。嶄新的帷幕在山神盛怒之下都被扯破，插花的花器倒在地上，虎皮百合也被踩爛。

山神蹲在歪斜的臥榻深處，臉深深埋進了床單。

如果是以前，奈月彥絕對不會主動出聲，如今他已瞭解到，現下逃避的話，永遠無法改變任何狀況。

「山神大人。」奈月彥試著輕聲呼喚。

像小山般縮成一團的影子，顫動了一下。

「……烏鴉嗎？」

「對，是我。」

「……志帆在幹什麼？」

山神的語氣慵懶，被閃電照亮的眼眸深處，有著漆黑的空洞。

「她因為您的命令，被關在岩石屋內……在得知外婆的噩耗後，她不停垂淚哭泣。」

山神發出彷彿野獸般的呻吟，半晌後，祂的嗓音比前一刻更加虛弱無力，連原本僅存的霸氣也消失無蹤。

「……志帆外婆的死訊，不是謊言嗎？」

「很遺憾，這個消息是真的。」

得知這個噩耗時，奈月彥也完全無法置信。在接獲久乃因沒有其他親人，將由志帆的舅舅擔任喪主舉辦葬禮後，他便悄悄前去村莊察看。當他隔著窗戶瞧見久乃的遺體，已從醫院送回志帆的舅舅家，就沒有任何懷疑的餘地了。

山神從床單裡抬起的臉不再像妖怪，空氣中瀰漫的怒氣也逐漸消失。

「你能夠以八咫烏族長之名發誓，那不是謊言嗎？」

「我以八咫烏族長之名發誓，絕對不是謊言。」

一陣短暫的沉默。

「志帆在哭嗎？」

「是。」

「我不僅把她關起來，還說要吞了她。」
「是。」
「……她討厭我了嗎？」
「殿下應該比我更清楚，志帆大人不可能說這種話。」
山神倒抽了一口氣。
「是啊！我的確比你更明瞭這件事。」祂以幾乎聽不見的聲音，嘟嘟噥噥了片刻，長歎一口氣後，低喃道：「……不能這樣下去。」
語畢，山神靜靜地站了起來，祂的身影已不再是奈月彥以前熟悉的樣子。
奈月彥發現山神的視線高度，幾乎和自己無異，驚奇地眨了眨眼睛。
「山神大人，您何時已經長這麼大了？」
「雖然我還想繼續向志帆撒嬌……」山神一邊說話，一邊走向奈月彥。「但一直像孩子似的，未免太不成體統了。」
奈月彥在內心暗自驚歎，眼前的山神看起來年約十七、八歲，眉宇之間透露出堅定的意志，是一位翩翩美男子。祂的個子比奈月彥稍矮，從寬闊的肩膀和挺直的身體來看，可以明顯感受到矯健的成長。

「這是您原來的樣子嗎？」

「不知道，總覺得成長還不夠充分，老實說我也不太清楚。」

奈月彥想起志帆來到神域之前的情況，難以相信自己現在竟然能與山神冷靜平和地談話，因此他認為有些話必須趁現在說。

「山神大人，以前您在這裡時，人們曾用『山神』以外的名字稱呼您吧！只要回想起當時的名字，或許就能恢復為完整的神。」

「我上次也已經說了，我對自己以前的樣子沒有興趣。只要現在志帆陪在我身旁，這樣就足夠了。」

山神說話時露出毅然的眼神，漸漸遠離的雷鳴，在雲的後方發出不悅的轟隆聲。

「您真的這麼想嗎？」

一旦依賴志帆，祂就無法成為完整的神，但山神相當固執。

到底是什麼原因，讓祂成為現在的樣子？

志帆曾說，會變成這樣一定是發生過什麼事，而且還認為並不僅僅是山神一個人的緣故，和八咫烏也有關係。

「我們曾經對您做了什麼？」奈月彥在山神無動於衷的眼神注視下，一臉正色地說：「這聽起來或許像是辯解，不過我真的不記得了，只隱約憶起八咫烏的族長逃離了您。無論怎麼絞盡腦汁，就是想不起來為何會惹您如此生氣。」

山神聽完，露出苦澀的笑容。

「即使你記得，應該也無法瞭解其中的理由，因為你們並非造成我現在這副模樣的直接原因。」

奈月彥頓時怔住，一時啞然無言。

「當時，我要求那律彥守護山內，所以你並非隨時都在我身邊。」

聽到山神這句話的瞬間，奈月彥的腦海中倏然響起一個清晰的聲音。

——您這樣也算是這座山的主人嗎？

——那律彥，給我閉嘴！你怎麼可能瞭解我的痛苦！

奈月彥忍不住雙腿發軟，原來山神曾在這裡苦惱地彎著身體，在電閃雷鳴中聲嘶力竭地怒吼。隨著巨響翻騰的閃電，帶來彷彿折損生命的痛楚。

——到底發生什麼事？

手下的八咫烏試圖保護自己，發出了驚叫聲。

幾乎被急促的呼吸和淩亂的腳步聲淹沒的那個聲音，正是來自於以前的自己。

——祂已經不行了，失去山神的本分。照這樣下去，非但無法帶來恩澤，還可能踐踏整個山內。

——那該怎麼辦？

有個急切的聲音問道。

——我無能為力，只能捨棄了。

儘管勉強回到禁門，卻僅剩自己和另一個人倖存，無論如何都得讓對方逃命。

——我來關上這道門，這裡就交給我，你趕快逃！

——我無法這麼做，請和我一起回去。

手下悲痛地懇求。

——八咫烏一族就拜託你了。

令人頭暈目眩的記憶。

奈月彥回過神，發現山神平靜地凝視著自己。

「你似乎想起了什麼？」

「是啊……山神大人！我們……」

他發出痛苦的嘆息，不明白自己為何會遺忘那些事。

以前的確曾逃離失控的山神，努力保護八咫烏同族。此刻，他終於真實體會到，過去的自己確實侍奉過眼前這位神明。

「我們是為了侍奉您來到此地，竟然將這件事給遺忘，甚至離開山神大人！」

奈月彥忍不住叩拜，山神卻苦笑著制止他。

「別再說了，當時八咫烏族長對我的暴行提出勸告，我卻對他做了殘忍的事。事到如今，我終於明白你們離我而去，實在也是情理之中。」

這時，奈月彥的眼角掃到一道纖細的人影。

之前照顧志帆生活起居的真赭，看到突然長大的山神似乎驚訝萬分，在房間門口探頭張望，露出訝異的表情。

「真赭，有什麼事嗎？」奈月彥用流利的御內詞探問。

真赭的身體顫抖了一下，隨即用優雅的動作鞠躬行禮。

「志帆大人已經在岩石屋休息了。」

「是嗎？那我該走了。」

山神看見八咫烏的女人進來後，嘟囔著走了出去。

「還好嗎？到底發生了什麼事？」

真赭，同族都稱她為真赭薄的女人，目送山神離去後，一臉擔憂地跑了過來。

「我想起來了！我想起過去曾經發生什麼事，以及我們為何會住在山內……」

奈月彥在真赭薄的攙扶下，搖搖晃晃地站了起來。也許是因為一下子想起太多事，他頭痛欲裂，只是現下已無暇顧及這些。

「山內以前是山神大人的莊園。」

「莊園……？」真赭薄不知所措地眨了眨水眸。

「山神大人來這座山之前是偉大的神，擁有比現在更氣派的神殿。每逢祭祀，都會得到不計其數的供品，因為在各地都有為祂準備供品的領地，因此也有許多神職人員管理那些地方。」奈月彥摸著抽痛的額頭，繼續說道：「由於某種因素，那位神明隻身來到這座山，當然也就失去了供品的供給。」

而且也無法像以前那樣盛大地祭祀。

照理說，山神也能選擇接受符合本地實際情況的簡單祭祀，以及樸素的供物，山神卻沒有這麼做。為了補充供品的不足，祂在山中創造了一個異世界，作為自己新的莊園。

「那就是山內。」

接著，就需要在這個異世界耕田、狩獵和織布，張羅供品的神職人員。

「於是，山神讓以神的使者身分來到這座山的八咫烏，能夠化身成人形。」

以代替外界的神職人員。

真赭薄靜靜地聆聽奈月彥的陳述，倏地嬌顏鐵青地低聲吟唱。

「山神降臨此地之際，山峰湧出清泉，樹上即刻百花齊放，稻穗結實飽滿地垂了下來……？」

那是八咫烏之間所流傳山內和八咫烏族長——金烏一族起源的傳說。

山神巡視豐饒的山內後，令金烏整頓此地。

金烏將此地一分為四，分別賜予四子。
長子獲得百花盛開的東之地。
次子獲得果實纍纍的南之地。
三子獲得稻穗飽滿的西之地。
四子獲得泉湧豐沛的北之地。
目前在山內稱為「四領」的東南西北各地名產中，最頂級的都送往中央。
在禁門關閉之後，享用這些高級品的，就是八咫烏族長和其身邊的人，也許這些本來是要進貢給山神的供品。
「聽妳這麼一說，就可以明瞭四家如此分工的原因……」
有許多樂人的東領負責神樂；南領盛產棉花，養蠶業發達；西領有很多織工等職人，負責幣帛；北領則是首屈一指的酒鄉，便成為準備神酒的地方。
山內原本是山神的莊園，八咫烏為了能夠為山神準備供物——進貢神饌、神酒，獻上幣帛，奉獻神樂——因此能夠以人形現身。
果真如此，就可以解釋為何逃離莊園的烏鴉，無法再變成人形。因為一旦擅自離開山內，就被視為主動放棄神職人員的使命，這種能力也會遭到沒收。
雖然多年的疑問終於有了答案，奈月彥的心情並未感到輕鬆。
一百年前，當時的八咫烏族長為了保護自己的眷屬，選擇放棄使命，強行關閉連結山內和神域的禁門。
奈月彥想到過去犯下的錯誤，不禁用雙手捂住自己的臉。

椿離開奈月彥後，悄悄走進洞穴內，瞧見志帆待在猿猴聚集的岩石屋深處。
儘管是自己下令把志帆關起來，祂還是第一次知道神域內有這種地方。為了避免被關在裡面的人逃走，出入口都安裝嚴實的格扇。
水從上方滴落，空氣中帶著潮濕泥土的味道。山神想起志帆來到神域之前，自己的歇息處也是這種濕冷的感覺。
「志帆……」
志帆背對著祂，肩膀靠在潮濕的岩石上，一動也不動。莫莫坐在她身旁，不讓猴子靠近。當莫莫和椿對上眼時，牠並沒有充滿敵意地吠叫，也沒有友善地搖尾巴。

椿立刻意識到，莫莫是在觀察自己的動向。

「我不會傷害她。」椿在說話的同時，打開格扇走了進去。

莫莫眨了眨黑色大眼，緩緩起身，離開志帆身邊。

椿探頭窺視志帆的臉，發現她的眼睛又紅又腫，內心突然湧現無以名狀的罪惡感。接著祂抱起志帆，靜靜走出了洞穴。

暴風雨已經完全平息，雨水不停地從樹葉前端滴落。十幾分鐘前肆虐的狂風平靜了下來，雲在上空快速移動，月亮也從雲間露了臉。

椿在清泉旁的岩石上坐了下來，把志帆抱到自己的腿上。莫莫踩著安靜的腳步聲跟過來，在山神對面坐下。

椿察覺到牠好像在監視自己，終於恍然大悟。

「我知道了，原來你在保護志帆。」

即使椿對牠說話，牠也只是歪頭抖動一下耳朵，動作看起來既幼稚又可愛。

「身體是長大了些，但內心仍是小狗呢！」椿歎著氣輕笑道。

「……你也一樣。」

椿的背脊一僵，呼吸一窒，沒想到會聽到這個回答。

「你在不知不覺中長這麼大了。」志帆嘆息著，在椿的臂彎中清醒過來。「椿，早安，雖然現在已經是晚上了。」

「……母親大人，早安。」

志帆彷彿什麼事也沒發生似地向祂打招呼，椿也極力保持平靜回答。

她坐了起來，撫摸一直注視自己的莫莫，牠高興地打著呵欠。

「剛才用奇怪的姿勢睡覺，現在渾身痠痛。啊啊——」

志帆挺直身體，起身活動筋骨，以掩飾自己泫然欲泣的哭腔。

椿凝視著志帆的背影，認真地下定決心。

「母親大人……志帆。」

「嗯？」

「對不起。」

志帆突然停止了動作，卻沒有回答，目光似乎飄向遠方。

莫莫抬頭看向志帆，尾巴再度停止搖動。

此刻，除了滴滴答答的水聲，完全聽不到任何聲響。

「算了，沒關係。」

志帆輕聲說完，便緩緩回頭，她溫柔的眼神，無法掩飾淚水在眼眶中不停打轉。

「我不但沒有回報你，還很自私任性地提出要求，甚至連好好道歉都做不到……這並不是你的過錯，一切都要怪我自己。」

志帆說話時的眼神很恍惚。

「回到這裡，本來就隨時有可能發生外婆這樣的事。我是在做好心理準備的前提下，決定留下來的……所以一切只能怪我自己。」

志帆低聲喃喃自語，她的身體似乎比以前縮小了許多。

「志帆……」

「我不是一個好孫女……外婆努力養育我長大，我卻對她說了那麼過分的話，而且再也無法挽回。我真的很笨，外婆聽到我這個孫女說那種話，不知道有多傷心。」

以後再也沒有機會道歉了。

「……外婆是不是因為聽了那些話，才傷心欲絕地離開人世呢？」

志帆無力地啜泣著，山神走過去，將她的頭抱在胸前。

「這不是妳的過錯，絕對不是！」

志帆把臉埋在椿的肩上，無聲地流著眼淚。

「因為有妳，我才能繼續成為神，請不要責怪自己回來這裡的決定。如果要恨，就恨我吧！妳這麼愛我，我竟然無法完全相信妳。」

椿摸著志帆柔軟的頭髮，道出這一百年來，一直深藏在內心的真心話。

「我知道主動回來這裡的妳不可能背叛我，但是……之前曾經發生過完全相同的事，也確實有人從此一去不回。」

由於發生過那樣的事，我無論如何都沒辦法發自內心相信妳。

「我並不會說希望妳原諒我，而妳也的確對外婆有所虧欠。」椿語帶懺悔地說。

「……那個一去不回的人，就是『紗代』嗎？」

志帆一直記得，之前椿睡迷糊時叫喚的名字。

椿忍不住繃緊身軀，默默不語。

「椿。」

志帆仰起頭，眼神已恢復堅強的光芒。

「請你告訴我，過去你和紗代發生了什麼事？」

「祂看起來和我年紀差不多吔！」

我覺得當祂的媽媽很奇怪。

山神聽到一個充滿稚氣的嗓音，祂從床單上緩緩抬起頭，眼前是一名不到十歲的少女。

「……她？」

山神因英子的事鎮日失魂落魄，憔悴不已。此刻，祂對眼前極大的落差，感到錯愕。

少女興致勃勃打量著祂，那天真無邪的模樣，看起來比山神更年幼。

「或許她年紀有點小……之前發生那樣的事，這麼做也是無可奈何。」

那律彥似乎也對新來的玉依姬不滿意，但仍然覺得聊勝於無。

山神當時尚未長大，在充分具備神的力量、能夠靠一己之力下山之前，山神需要由人類的女人養育。

眼前這名少女有辦法勝任嗎?山神帶著疑問狐疑地覷向少女，剛好和她四目相對。少女羞澀地綻開微笑，忸忸怩怩握著女巫白衣的下襬。

「嗯，我叫紗代，請多指教。」她露出靦腆的微笑。

紗代和之前的玉依姬不同，並沒有真的生下山神，因此由紗代擔任母親的角色，確實有些奇怪。而且可愛的紗代很文靜，和她相處起來很開心，在共同生活後，反而是山神經常花心細照顧她。

那律彥發現，山神和紗代一起生活一段時間後，重拾開心的笑容，終於鬆了口氣。

「那我先回山內了，有任何狀況，隨時都可以召喚我。」

那律彥對山神說完，便返回八咫烏同族生活的居處。

那一陣子，那律彥因遇到某些問題，經常需要長時間生活在山內。只有負責照顧山神和紗代生活起居的八咫烏，以及負責打雜和周圍警衛工作的猿猴，仍然留在神域。

在山神所繼承的漫長記憶中，也是第一次遇到彷若青梅竹馬般一起長大的玉依姬，山神感到十分滿足，也無比幸福。

山神很愛紗代，紗代也全心全意愛著山神。在紗代從少女長大成為一個女人後，年輕的山神發現自己內心對她的感情，明顯與歷任玉依姬不同。

此時，事態發生了變化。

「……我媽媽生病了？」

隨時監視村莊的猿猴，帶來紗代家人的消息。

「病情這麼嚴重嗎？」一得知這個噩耗，紗代霎時臉色刷白。

「恐怕來日不多。若要道別，務必抓緊時間。」巨猿的語氣與平時無異。

「山神大人，」紗代走投無路，只能向山神磕頭懇求，「請讓我去見媽媽最後一面。」

玉依姬不是普通的巫女，照理說，無法返鄉省親。

紗代十分清楚這件事，卻還是一次又一次請求同意，始終堅持不懈，她很少態度如此執著。於是，山神便打算成全她。

「怎麼辦？」

面對猴子的提問，山神只有一個回答。

「讓她回去。」

「山神大人！」紗代欣喜若狂，開心地跳起來抱著山神。「謝謝，太感謝您了。」

我一定會回來。紗代如此承諾，便帶著有營養的食物，以及用金子和翡翠做的髮簪回到村莊。她說，向來日不多的母親道別後，若有需要會把髮簪留下，讓家人變賣後可買藥。

然而，紗代離去的背影，成為山神最後一次見到她的記憶。

紗代原本說好只回去一天，然則到了約定日子的黃昏時分，仍然不見她的身影。

紗代沒有回來。

「紗代在哪裡？她還在村莊與母親相伴嗎？」

山神起初以為，紗代因為想家而捨不得離開，所以決定不怪罪她，選擇繼續等待。沒想到，紗代隔天依然不見蹤影，祂終於感到不耐煩了。

「山神大人。」巨猿靜靜地回答：「紗代並不在村莊裡。」

山神起初無法理解這句話的意思。

「你說什麼……？這是怎麼回事？」山神焦急不已，氣強硬地追問：「她的母親呢？紗代的母親在哪裡？」

「在村莊。」

「只有紗代不見了嗎？怎麼可能有這種事？」

黑影漸漸在祂的內心擴散，但還是認為紗代絕對不可能做出這種事。祂邊想邊走出洞穴，從鳥居向村莊張望，卻完全感受不到紗代的氣息。

「紗代在哪裡？為什麼……她去了哪裡？」

「不知道，只是很確定她並不在村莊內。」

上當了！山神歷歷在目地回想起幾年前，英子在這裡和男人牽手逃走的身影。祂感到頭暈目眩，簡直就像做了一場惡夢。雖然無法相信，但現實殘酷地呈現在眼前。

「紗代逃走了，她逃離了我！她是不是一直在找機會逃走？」

巨猿沒有回答。

發現異狀後趕來的八咫烏，看到主子不同尋常的樣子，都嚇得步步後退。

我這麼相信她，她竟然欺騙我、背叛我……紗代的笑臉底下，到底隱藏什麼樣的表情？

「她明明說一定會回來的……為什麼還是離開了我！」山神悲慟得放聲大哭。

此時風雲變色，大地鳴動，猿猴和烏鴉都尖叫著逃走。

很久沒有露臉的那律彥，察覺異常後急忙飛奔而來。
「山神大人！到底發生什麼事？」
「她又背叛了我……所有人都是騙子……」
那律彥釐清狀況後，露出錯愕不解的表情。
「難道您因為這件事就變成這樣嗎？」
他說話的語氣，彷復在斥責山神。
「既然紗代逃走，她就不再是玉依姬。堂堂山神，竟然為了一個女人如此方寸大亂。」
請您振作起來！
「您怎能為這種區區小事就六神無主？」那律彥高聲喊道。
「你說，這是區區小事？」
山神惱怒地轉頭看向那律彥，他隨即察覺自己的失言，不禁身軀一震。
「山神大人……」
「你根本不在我身邊，別說得好像一副你很瞭解狀況的樣子。所以你又要帶其他女人來這裡嗎？然後那些女人又要說謊逃走嗎？」

我受夠了這一切！正當山神嘶吼的瞬間，一道彷彿揮鞭般銳利的嗓音傳來。

「請適可而止，您這樣也算是這座山的主人嗎？」

「那律彥，給我閉嘴！你怎麼可能瞭解我的痛苦！」

那律彥深幽的黑眸，直勾勾地瞪視著山神。

不，山神覺得他並不是瞪眼而已，而是在輕視自己。回想起來，這傢伙向來如此，整天只會提醒自己身為神的義務和責任，卻從未考慮過自己的心情。

這傢伙，從來都不是同伴。

「不要用那種眼神看我！」

山神怒不可遏，急躁地驅使神力，下一剎那，便失去了自我。

回過神後，祂茫然若失地發現，周圍已空無一人。

這時，只有道影子緩緩朝祂走來。

「真可憐，那些女人和烏鴉都太過分了。」

是巨猿。

「您完全沒有任何過錯。」

巨猿輕聲細語地安慰山神。

「從此之後，八咫烏就不見蹤影。即使又來了好幾個女人，卻沒有一個是發自內心想侍奉我，直到妳出現為止。」

椿結束了回憶。

「你一定很痛苦吧！」

原來這就是祂「遭到背叛」的真相。

「我是個怪物，所以她們都逃走了……」

「你為什麼說這種話？」

「否則無法解釋她們的行為。我很高興妳來到這裡，只是這座山的玉依姬已經死了，我想以後也不會再出現。」

「你這樣下定論，是否言之過早？」

志帆聽了椿說的話立刻想到那個女人——最初協助她逃走的玉依姬。她的確很想回到這座山，即便肉身已死去，仍然發自內心掛念著山神，卻這樣遭到捨棄，未免太可悲了。

「椿，你聽我說，可能是有什麼原因，才導致紗代無法回來這裡。」

「妳怎麼會有這種想法？」椿歪著頭，疑惑地反問。

志帆絞盡腦汁思考該如何向祂說明。

「因為，並沒有任何證據可以證明紗代背叛了你。你的遭遇確實很可憐，但不能因此就自暴自棄，無論對你、烏鴉和紗代都是如此。更何況，其中真有什麼誤會的話，最可憐的不是紗代嗎？」

「妳不必安慰我了。」椿搖了搖頭，苦笑著說：「妳能來到這裡，我真的很開心。對我來說，這樣就足夠了。」

志帆一時語塞，不知道還能說什麼，她仰頭望向天空，發現天際漸漸泛白。

沉默片刻後，驀然傳來山神淡然的嗓音，讓人無法猜透祂內心感情。

「聽說，妳外婆的葬禮會在村莊內舉行。」

「是……嗎？」

「我是聽烏鴉說的，妳舅舅領回了遺體。」

志帆完全不知道這件事，她是外婆唯一的家人，既然自己被關在這裡，舅舅就不得不把外婆的遺體領回。只不過，村民都很討厭外婆，想到外婆最後必須埋葬在山內村，志帆便覺得痛苦不堪。

「妳想去嗎？去見她最後一面。」

「我想去……雖然我知道為時已晚，但是……」志帆深吸了口氣，囁嚅道。

「……那妳去吧！」

椿說完站了起來，平靜的臉龐帶著一絲不安的神情，準備送志帆離開。

「只要妳會回來，我就相信妳，並且願意在這裡等妳。」

妳去吧！然後盡快回到我身邊。

「椿，謝謝你，我一定會遵守約定。」

志帆用雙手緊緊抱住椿，然後轉身走出神域。

奈月彥從山內回到神域，發現志帆和真赭皆不見蹤影，只有山神孤伶伶地坐在那裡。

「所以志帆大人獨自去了村莊？」

「不，莫莫和真赭也陪她同行。只是真赭變成了烏鴉，志帆可能察覺不到……這樣一來，只要發生什麼狀況，我馬上就會知道。」

山神托著腮坐在泉邊，看起來鬱鬱寡歡。

奈月彥心想，既然祂這麼擔心，可以陪同志帆一起去，旋即想到這不是重點。

山神希望志帆在沒有人監視、也沒有遭到任何人強迫下，憑自己的意志回到這裡。所以祂才壓抑內心的不安，一心一意在這裡等待志帆。

這麼一想，就覺得山神真是既滑稽，又可憐。

「要不要去神域的邊界看一下村莊的情況？這應該沒什麼問題。」

聽到奈月彥的建議，山神沉吟了片刻後，略帶遲疑地站起身。

「……我只是遠遠看一眼。」

「我知道。」

奈月彥和山神一起走出洞穴，赫然發現鳥居外有一道人影，頓時緊張了起來。

年近二十歲的銀髮年輕人，帶著一頭宛如岩石般巨大的狗站在那裡。

「你是誰？」
山神在離鳥居還有一段距離的地方停下腳步，充滿警戒地盯著年輕人。
「我是充分瞭解你有多愚蠢的存在。」年輕人高聲回答後，隨即瞇起了雙眼，質問道：
「為何輕易就讓志帆回村莊？我真是對你失望透頂。」
「……你在說什麼？」
「你知道一百年前，紗代為何無法回來嗎？」
山神聞言，倏地渾身一僵。
「你……」
「你責怪烏鴉只會躲在自己的世界，其實你也半斤八兩。」
你寸步不離神域，又能夠看到什麼？
「難道你沒有想過，曾經發生在紗代身上的事，是否會在志帆身上重演嗎？」
「什麼？你到底在說什麼？」
「紗代並沒有逃走。」
年輕人彷彿忍受著劇烈痛楚般地攏起眉心，冷冽的語調從唇邊傳來。

「她的屍體，至今仍沉在湖底。」

「雖然會繞遠路，是不是從谷村先生家前往村莊比較好……」

這是志帆三個月以來第一次外出，她壓抑激動的心情，沿著龍沼岸邊走向村莊。

下山之後，她以為自己抄了捷徑，沒想到中途便無法再沿著岸邊繼續前進。無奈之下，只好穿越樹林繞去村莊；如此一來，不必經過村莊入口，就能直接抵達舅舅家門口。只不過，她感到有點不安，不確定自己是否走錯路。

走了一小段路後，志帆隔著樹林瞧見葬禮時使用的黑白相間布幕，還有一位穿著黑色洋裝的少女在屋後摘紫茉莉。

是彩香，她應該是打算為外婆做花束。雖然之前沒有往來，但她和自己一樣，都是外婆的孫女。如果以不同的方式見面，自己或許能和彩香成為好朋友。

「彩香。」有些鬱悶的志帆，開口喚道

彩香聞聲轉頭一看，驚恐地瞠大圓眸，手上的花全灑落在地上，旋即高聲尖叫起來。

「活供！活供回來了！」

志帆不明白她為何會有這麼激烈的反應，頓時手足無措地愣在原地。

彩香像脫兔般迅速逃走，修吾聽到不尋常的聲音，立刻跑了過來。

「混蛋！」

志帆還來不及對他說出「等一下」，修吾便發出低吼聲，用盡全力揮拳打向志帆的臉，她毫無防備地飛了出去。

這時，莫莫勇敢地撲向修吾，試圖保護志帆。儘管牠已長大了不少，卻仍然是幼犬，於是被怒火中燒的修吾一腳踹開，發出淒厲的慘叫聲滾到一旁。

莫莫！志帆伸出顫抖的手。

修吾似乎以為志帆要撲向他反擊，便執拗地不停毆打志帆。

「混蛋、混蛋！妳為什麼要回來！下一個就輪到彩香了！」

彩香可能跑去呼喊參加守靈夜的大人，現在他們紛紛趕過來。

「妳怎麼會在這裡？」

「爸爸，她逃回來了！」修吾大吼著，一次又一次踢向志帆的後背。

志帆倒在地上動彈不得，卻沒有人為她擔心。

「慘了、慘了！這是最糟的情況……」

朦朧之中，只聽到身穿喪服的大人七嘴八舌地議論紛紛。

「她應該要好好侍奉神明。」

「這樣就不能算是奉獻活供了。」

「真是糟透了！我爺爺那年代，也曾經有活供逃回來，造成很可怕的後果。」

「可怕的後果？」

「發生山崩，死了好幾十個人。」

周圍頓時陷入令人難以忍受的沉默。

「……這樣不行。」

「得想想辦法……」

「但是該怎麼辦？」

「必須讓山神知道，這不是村民的本意。」

「明確向山神表示，並不是我們藏匿她。」

其中一個男人好像受到天啟般舉起了手。

「只要把活供交還給山神就好。」

「但是，即使把她放在神社裡，也沒有人來接她，現在並沒有舉行祭典。」

「那就把她送去荒山？」

「擅自闖入禁地，真的會遭殃，已經好幾個人闖入後失蹤了。」

「不，等一下，現在稻子還沒有收成。目前這個時候，山神應該離開荒山去了龍沼。」

「對，沒錯，我聽說上次也是這麼處理。」

「那事情就簡單了！」

所有男人都互看一點，點了點頭。

「只要把她送回龍沼就解決了。」

村民已完全失去理智。

「等一下、等一下……」志帆根本來不及制止，

村民便不斷地怒吼，每個人的眼神充滿狂亂。他們並不是感到憤怒，而是害怕遭到山神可怕的報復。

「我並不是逃出來的，椿也知道！我和祂約定好了，一定會回到山上。」

志帆拚命哭喊尖叫，沒有任何人願意聽她說話。

「請你們聽我說話！」

志帆被舅舅扯著頭髮過了橋，來到湖中小島，然後被粗暴地塞進從神社取來的箱子裡。

「不要——！」

當志帆被關進箱子丟下湖裡時，她終於明白紗代為什麼沒有回去神域。

「紗代遭到殺害！那些膽小怕事、自私自利的村民，因為誤會而將她殺了。」

「騙人！」

山神不願意相信，祂驚愕地無法呼吸，腦袋和胸膛好像融化般疼痛不已。

這一切都是惡劣的謊言吧？

然而，眼前的男人毫不留情地打破祂的希望。

「怎麼可能騙你？村民完全不聽紗代的解釋，將她被關進箱子，直接丟到湖裡……就像志帆此刻一樣！」

正當山神腦筋一片空白時，一隻烏鴉從村莊的方向倉皇地飛了過來。當烏鴉一進入神域的鳥居，立刻變成了人形。

「真赭！到底發生了什麼事？」

之前照料志帆生活的八咫烏真赭，聽到奈月彥的急切的詢問聲，連忙抬起蒼白的臉。

「志帆大人，志帆大人被村民……」

順著她手所指的方向看去，龍沼周圍聚集許多如螞蟻般的黑色人影。

「志帆！」山神嘶啞地厲吼。

這時，巨猿不知何時出現在山神的身後，只聽見牠笑著喃喃自語。

「真可憐啊！可惜已來不及了！」

話音才剛落，山神所站的位置便出現了一道光柱，巨大的轟隆聲響起，瞬間令人感到頭暈目眩。

奈月彥抬頭一看，一條全身被閃電包圍的龍扭動著身體，衝向天際。天空籠罩在一片漆黑當中，只見龍並沒有飛向小島去營救志帆，而是直奔村莊的方向。

為什麼？奈月彥猛然驚覺，山神又像之前一樣，因憤怒而失去了自我。

「山神大人，不行！」

奈月彥立刻變身為大烏鴉，飛向天空去追山神。

上空暴風肆虐，烏雲翻騰，四面八方都是閃電，空氣刺痛不已，耳朵聽不到任何聲音。閃電掠過翼尾的風切羽*，奈月彥嚇出一身冷汗，隨即發現落雷並非打向他，而是對準村莊內的房舍。

那並非普通的落雷，而是山神無法抑止的憤怒。

奈月彥在閃電的殘像之間穿梭，奮力飛向小島。他觀察到水面上仍殘留著漣漪，於是敏捷地在空中變成人形後，躍入水中。在一陣彷彿墜落在堅硬岩石上的衝擊後，他努力睜開眼睛，在湧起的白色水泡之間，瞧見遙遠的湖中漸漸下沉的箱子。

找到了！他迅速調整姿勢，雙手用力撥動，將快浮起來的身體，向下潛入水中。**箱子**

---

*注：風切羽，是生長在鳥類翅膀後緣部位，長而堅韌的羽毛。

內應該還有空氣，從縫隙中冒出一些氣泡，沉下的速度也很緩慢。

經過像是永恆般漫長的十幾秒後，奈月彥終於追上了箱子。他用力扯開綁住箱蓋的麻繩，動作靈巧地打開蓋子，白色衣服映入眼簾。他摸索著環抱志帆的腹部，便向水面游去。好不容易浮出水面，志帆卻依舊癱軟無力，一動也不動。

「志帆、志帆，妳快醒醒！」奈月彥焦急地不斷呼喚。

無論如何，必須先將她帶上岸。當他如此暗忖，抬起頭打量四周時，驚愕地忍不住倒抽一口氣，眼前的景象宛如置身地獄。

岸邊所有的房子都竄出火柱，在湖面產生清晰的倒影。雖然已經是早晨，卻完全不見陽光，整個村莊宛如籠罩在黑夜。隨著隆隆雷聲不停打下的雷和火焰，產生交錯的白光和紅光，讓周圍看起來更加不寒而慄。

不小心被火燒到的人四處逃竄，慌慌張張地跑向水邊，而且不是只有一、兩個人而已。有人從家裡衝出來，有人在路上打滾，有人跳進湖裡。一名少女在哭喊，不知道是否在叫喊她的母親，但雷聲隆隆，完全聽不到少女的聲音。

熊熊燃燒的村莊上方，龍身在雲間扭動。由於龍實在太過巨大，無法看清全貌，只見腹部的銀色鱗片發出耀眼光芒。

是山神！落雷持續不斷，宛如龍身上竄出金色樹根，和地面連在一起。

奈月彥好不容易把志帆拉上岸，四周瀰漫著和失去手下那晚相同的氣味，讓他頓覺腦袋深處快麻木。

志帆突然咳嗽了起來，趴在地上吐出湖水。

「志帆大人，妳沒事吧？」奈月彥一邊呼喊著，一邊輕拍她的背。

志帆神情恍惚了片刻，旋即發現眼前煉獄般的景象，臉色瞬間大變。

「發生了什麼事？」

「山神得知妳被沉入湖底。」奈月彥解釋道。

話一出口，他覺得自己的聲音聽起來也很遙遠，彷彿還留在水中。

志帆終於意會出奈月彥的話，瞥見雲間露出長滿鱗片的身軀，驚駭地瞪圓雙眸。

「那，那該不會是椿……？」

正當他們仰頭看著這一切時，又有一道轟雷擊中眼前的神社。只見村民四處逃竄，而志帆的舅舅整個人嚇呆，兩眼發直地看著大火熊熊的村莊。

這時，在他的頭頂上方，宛如泥土般的雲中露出銳利的金色眼瞳，正瞪視著他。

「椿……不行！」志帆激動得想要衝出去。

「不行！」奈月彥厲聲大吼。

他不加思索地想阻止志帆，卻只抓住外袍，衣服被他撕扯了一部分。

下一瞬間，雷直直打向志帆的舅舅，那是一道巨大無比的閃電。

雖然奈月彥立刻閉上眼睛，視野仍被染成一片閃白。比起聲音的衝擊，讓人幾乎無法站立的地鳴和灼熱向他襲來，整個人倒在地上動彈不得。

過了好一會兒，當他回過神，發現什麼聲響都聽不見。他憂懼地睜開眼，前一刻的景象竟神奇地消失了。

周圍的寂靜讓耳朵嗡嗡作響，雖然房子仍然在燃燒，但閃電雷鳴都不見蹤影，烏雲和龍也不知去向。

一名頭髮凌亂的年輕人站在灰色的雨雲下。

「志帆……？」

只見在恢復人形的山神面前，有兩個人倒地不起。

被壓在下方的人身材高大，另外一位像是挺身保護那個人的嬌小身體，卻慘不忍睹。瘦小的身軀被燒得焦黑，冒著淡淡的白煙，空氣中瀰漫著人肉燒焦的氣味。

「志帆！」山神發出淒厲的嘶吼。

是兒子，也是深愛的神，無論如何叫喚，志帆已聽不見了。

這時，天空終於下起雨來。

「志帆的情況如何？」

大天狗上氣不接下氣地衝進醫院，身上仍然穿著參加久乃葬禮的喪服。得知久乃死訊時的慌亂，簡直像是很久以前的事。

奈月彥一臉沉重，默默地搖了搖頭。

志帆被送進了病房，好幾名醫生和護理師匆忙地進進出出。

「還有救嗎？」

「不知道。因為頭部遭到電擊，呼吸已經停止，而且嚴重燒傷導致休克症狀……內臟器官也出現問題。」

目前只能在人類力所能及的範圍進行外科治療，但志帆受的傷並不是普通的燒傷。

「雖是山神劈的雷，祂本身並沒有治癒能力，只有志帆大人能夠治好那種燒傷。」

現在她自己徘徊在生死邊緣。

「所以志帆她……」大天狗說到這裡，便沉默地噤了聲。

傍晚的驟雨越下越大，絲毫沒有停止的跡象。

志帆身上的儀器，發出單調的電子聲。

椿跪在病床旁，緊盯著志帆的臉。即使不想看，從繃帶縫隙露出的燒傷皮膚，仍映入祂的眼簾。祂為自己的無能為力深受打擊，緊握著志帆的手，放在自己的額頭上。

「對不起。」

「……你為什麼要道歉？」

椿的耳邊響起氣若游絲的沙啞嗓音，祂猛然抬起頭，和手臂一樣層層包著繃帶的臉上，看到一雙清澈的眼眸。

「志帆！」

「我沒事。」

一聽就知道她在逞強。

不知志帆如何解讀椿的默默無語，她微微轉動身體。

「我當時並不是要救舅舅，只是不顧一切地想要阻止你……」

沒想到演變成，志帆承受原本劈向舅舅的憤怒雷電。

「所以我沒事的。」

志帆的聲音很平靜，但椿心如刀割。

「妳哪裡沒事了！」

「你應該是最清楚的。」

志帆帶著一絲笑意的聲音中，可以感受到她明確的自信。

「因為，你一開始就並不打算置舅舅於死地。」

所以我不會有事。

「你不必擔心，我很快就會好起來，知道嗎？」

聽著志帆溫柔的話語，椿整張臉都扭曲起來。

「對不起……」

「你不必道歉。」能夠活下來，絕對不是僥倖，志帆瞭解這一切。「我其實很高興。」

志帆氣息奄奄，很難聽清楚她的聲音，但椿不想錯過她說的任何一個字。

「如果是在不久之前，你一定會想殺了舅舅，這次你卻沒有這麼做。你改變了，也長大了，這件事讓我感到很欣慰。」

椿忍不住淚如雨下。

「……起初，我真的想要，殺了他。」

祂一眼就看出那個男人是這一切的元凶，知道是他把志帆逼入絕境，是自己的仇敵。

「我想，殺了他……」

「你最後並沒有這麼做啊！」

在祂準備劈雷之前，志帆的笑容突然浮現在眼前。祂還來不及思考，在意識到自己恢復理智的瞬間，雷擊時的殺意也被削弱了。

椿當時完全不曉得，此舉救了志帆一命。

「為什麼呢？我漸漸不再覺得這種人該死。」

「太好了！」志帆說完，痛苦地喘著粗氣，瘖啞道：「聽到你這麼說，我就不後悔自己選擇回到神域。所以，我有一句話要對你說……」

志帆對椿露出美麗又平靜的微笑。

「謝謝你。」

「志帆！」

志帆綻開極其溫暖而柔和的笑容，再次緩緩陷入沉睡。她睡著的臉龐十分安詳，椿意會到她能夠得救。即使如此，祂仍覺得彷彿看到志帆臨終的樣子，讓自己險些無法承受。

「我才要向妳道謝……」

椿淚如泉湧，志帆對現在的自己太溫柔，甚至溫柔得有些殘酷。

「志帆，謝謝妳。」

巫女能夠讓神降臨人世，和神心靈相通。她們內心深愛著神，同時也得到神的愛，成為神靈附身的對象——玉依姬。

「多虧有妳，是妳拯救了我。」

打從心底深深感謝妳，我的玉依姬。

「正因為如此，我要向妳道別。」

醫院的屋頂到處都是水窪。

點點燈光的民宅和大樓，沒入沉重的雨幕中，宛如混濁的水底世界。

椿來到屋頂，帶著大狗的銀髮青年正站在圍欄前，凝望山的方向。

一片房屋宛如凹凸不平的積木堆疊，而在層層疊疊的屋宇後方，被白色山嵐覆蓋的綠色群山頂端若隱若現，看不清荒山在哪裡。

「從這裡看，就覺得那座山實在太渺小。」

你不覺得把自己關在那座小山很愚蠢嗎？

銀髮年輕男子轉過身，靠在圍欄上，昏暗中，只有那雙彷彿隱藏火焰的眼眸炯炯有神。

「你把整個村莊都燒成那副德性，也就不需要等待有人求助了。」年輕男子語調歡快地說道：「你果真變成危害人類的邪神，接下來，應該明白自己的結局吧！」

椿在他熾烈的眼神注視下，茫然地眨了眨眼睛。

「這樣啊……」祂瘖啞的嗓音，幾乎快聽不見。「原來你是來救我的。」

椿露出苦澀的笑，陡然身後的門被用力打開，八咫烏衝了進來。

「山神大人！志帆的生命跡象已經穩定下來，暫時不需要……」

他的話還沒說完，愕然發現站在那裡的另一個人影，渾身一緊，椿連忙制止他。

「奈月彥，別衝動。」

八咫烏族長聽到山神第一次叫自己的名字，驚詫地噤了聲。

「他來這裡，是為了讓我了斷這一切，並阻止我的惡行。」椿淡然地說道。

年輕男子輕笑出聲，饒富興味地歪著頭，靜觀事態的發展。

這時，莫莫不知從哪裡出現，依偎在椿的腳下。淋得渾身濕透的小狗微微顫抖，抬起頭，用濕潤的大眼看著椿。

「……我之前殺害的那些生命，並不是不聽話的廢物，而是原本侍奉我的神使，以及比任何人都重要的玉依姬。」

祂緩緩彎下腰，用力撫摸莫莫的頭。

「我竟然將這些事給遺忘了，還持續殺戮，我確實無法為淪為妖怪的自己辯解。」

終於承認自己變成妖怪。

「而與人類為敵的妖怪，必須打倒，無一例外。」

奈月彥不發一語，幾乎面無表情的臉龐閃過一絲懊惱。

英雄聽著椿與奈月彥的對話，歎了一口氣。

「最後必須由我來執行這項任務，真是太遺憾了。」年輕男子聳了聳肩，平靜地說。

「不，我必須讓志帆自由，不能再讓女人繼續犧牲了。」椿沉痛地搖了搖頭。

祂想起因自己而死的每一個女人，悲慟地垂首。

「我也很對不起紗代……」

會變成這樣，全都是我的錯。他喃喃地完，霍然傳來一道令人嚇破膽的尖叫聲。

「才不是這樣！」

椿愕然地抬起頭，發現水泥和雨雲形成的一片灰色景象中，佇立著一個極其懷念的身影。眼前的女人巧妙融和了野花般的質樸，以及大百合般的尊貴優雅。

「妳是！」

不可能看錯。鼻子旁的雀斑，笑起來像花瓣的唇，以及天真無邪地仰慕自己的那雙眼眸，都和記憶中如出一轍。

「紗代……」

山神難以置信地低聲呼喚她的名字，女人驚奇得睜圓了水眸。

「你，你可以看到我！」

「對，我可以看到妳。妳為何會在這裡？」

和山神闊別一百年的玉依姬，一雙水盈的大眼中盛滿淚水，虛軟地哭倒在地。

「至今為止，誆騙那些巫女逃離神域的……就是我。」

「妳……到底在說什麼？」

山神下意識拒絕理解她想要表達的意思。

「因為我想回去！」紗代趴在水中，高聲尖叫道：「無論我再怎麼嘶聲喊叫，你都聽不到。我喉嚨都喊啞了！」

我無能為力，因為身體沉入了湖底，只剩下對所愛之神的執念回到了山上。

「我一直都在你的身旁，然則直到前一刻為止，你完全沒有感受到。每次察覺到我的存在，都是與我有相同處境的那些女人。」

「妳為何不透過她們告訴我？」山神在瞭解自己所犯下的罪行，同時也提出了疑問。

「一旦我從她們口中聽說，我便會相信妳說的話，我一直希望自己能信任妳。」

「我很嫉妒……」紗代哭著懺悔道：「一旦澄清誤會，你一定會愛上新的玉依姬。我明明比任何人……比任何人都更愛你。我才是你最愛的玉依姬，但是……」

紗代一邊啜泣一邊吸著氣，她周圍黏膩的空氣越來越污濁，也越發停滯。

「但是，那些根本不瞭解你、不甘不願來到神域的女人，竟然也成為玉依姬……我無法原諒。」

她們本來就想要逃走，因此要唆使她們這麼做，簡直輕而易舉。

「你不覺得太沒道理了嗎？應該由我成為你的玉依姬才對！」

紗代激動地放聲怒吼，眼中流下的不再是淚水，而是如黑色污泥般的液體。她的雙眼炯炯發亮，鮮血頓時從她緊閉的唇瓣滴落下來。

她已非單純的死者靈魂，強烈的怨念，早已讓她變成了怨靈。

曾經是紗代的怨靈，看到椿沉默不語，似乎察覺到什麼，彷彿痙攣般不停顫抖。

「對、對，我知道，我不再是你的玉依姬。自從志帆來這裡之後，我就知道了。」

一開始，和之前那些女人一樣，順利將她趕出神域，豈料她竟憑自己的意志又回來。

「事已至此，我無能為力。志帆回到神域之後，再也無法聽到我的聲音。」

太不甘心了，也對志帆恨之入骨！但是……也明白自己敵不過她。

「山神大人！」渾身漆黑的怨靈，聲音平靜得有些不尋常，她輕輕詭笑著說：「是我捏爆了志帆外婆的心臟。」

山神默默無語。

「雖然很不想承認，但我已經不再是你的玉依姬了，志帆才是。」

既然這樣，至少希望山神能夠明瞭，自己為何無法回到祂的身旁。唯一的方法，就是殺了志帆的外婆，製造出和之前相同的狀況。

「全部……全部都是我幹的。」

曾經是紗代的怨靈擠出這句話後，四周瞬間只聽得到落雨聲。

山神抬頭仰望天空，不停墜落的雨滴，宛如以天頂為中心盛開的合歡花。世界朦朧扭曲，一切都像泡沫般虛幻。

真希望自己之前的愚蠢、對那些女人的恨意，以及紗代坦承的一切，都只是一場惡夢。

然而，這不是夢，而是現實，自己無法繼續逃避。

「妳不是紗代。」山神的嗓音出乎意料地清晰。

「你在說什麼？」紗代猛然抬起頭。

「我說，妳並不是紗代。」

怨靈聽了痛苦地扭著身體，發出刺耳的叫嚷聲。

「我就是紗代！事到如今，你還不願意面對嗎？像我這麼殘酷的女人確實深愛著你。我知道，無論我再怎麼努力，都無法再得到你的愛。我已經捨棄掉，曾被你深愛的自己……」

「不是！」山神的語氣比剛才更強硬，並向紗代伸出雙手。「不要說什麼得不到愛，我至今仍然愛著紗代。」

山神，也是紗代深愛的山神，面對愣怔在原地的黑影，露出寂寞的微笑。

「妳若是紗代，我不知道該有多歡喜。我也愛著紗代，如果她能回來，我會不計一切代價。」山神耐心地繼續說：「但是，無論多麼熱切渴望，死去的人終究無法再復活。」

妳能瞭解嗎？山神微傾著頭，凝睇著一臉茫然的淡墨色女人。

「妳或許曾經是紗代的一部分，但現下失去了軀體，魂魄也已四散，其實妳早就不是紗代了。因為紗代……」

承認這件事需要勇氣。山神用力嚥下口水，緩緩說出卡在胸口的話。

「紗代已經為我而死了……」山神說完，溫柔地環抱著她。

「山神大人。」她終於瞭解山神的真意。

「妳不要誤會，活著的人內心也常有恨意和憤怒，只不過，需要有軀體才能將這些情緒付諸行動。而且身軀能夠同時具備理智，以及超越恨意和憤怒的溫柔與體貼。」

紗代的軀體，也就是承載靈魂的肉身已毀。因此，原本具備的溫暖感情凋落，不幸的是，只有和本質相去甚遠的部分，仍然留在這個世界。

「妳因我而死，飛散的魂魄碎屑，怎麼可能是紗代？」

「山神大人，你願意原諒我嗎？」她一臉難以置信，嘴唇不住地顫抖。

山神沒有回答，但明確表示了肯定。

「我已經說了，無論妳做了什麼都沒有關係。我愛紗代，即使日後出現相同的人，我的心意仍然不會改變。」

我們共度的時光，絕對不會消失。

「所以妳……並不是紗代。」

如珍珠般的淚水從她的眼中滑落，山神用手掌接住她的眼淚。

「反而是我希望紗代能夠原諒我，當初無法相信她，真的很抱歉！獨自沉入湖底，一定非常痛苦，也很寂寞吧！」

她抽抽噎噎地繼續哭泣，淡淡的黑暗完全離開了她。

「妳願意原諒我嗎？」她哽咽著用力頷首。「我原諒你。」

她話語剛落，便能感受到紗代的眷戀融化了，就像一朵山茶花掉在地上破碎的樣子。

她在山神的臂彎中長吁口氣後，放鬆了全身，轉頭仰望天空。不知從哪裡吹來一陣暖風，柔軟的頭髮在空中飄舞，白色袖子被吹得飛了起來，她的身體彷彿花瓣凋零般漸漸模糊。

紗代的殘骸留下燦爛的笑容，永遠消失了。

奈月彥始終屏住呼吸，親眼目睹從前的巫女殘骸和山神之間的對話。

山神仍然維持抱著紗代的姿勢站在那裡，一動也不動地盯著自己的雙手，好像為她不留下絲毫痕跡就消逝不見，感到戀戀不捨。

「好了嗎？」

剛才一臉沉痛等待紗代消失的英雄，挺直身體離開了圍欄，趴在水泥地上的大狗也跟著他站了起來。

奈月彥這時才發現，英雄的腰上掛著一把漂亮的大刀。

山神頹然地轉頭面向英雄，正準備要點頭，倏忽望向山的方向。

「猿猴會如何？」

英雄臉上閃過難以形容的複雜表情，下一秒，誇張地聳了聳肩。

「牠已經不行了，之後的事就交給我吧！」

「這樣啊！」山神語氣平靜無波。

既然這樣，就沒我的事了。

「奈月彥。」

八咫烏族長聽見山神叫喚自己的名字，立即上前一步，慎重地挺直腰桿。

「是。」

「我對你們做的事，也十分過分。」

很抱歉！山神深深鞠躬的身影清澈透明，令人無法因祂是吃人的妖怪而蔑視祂。

奈月彥從未想過，山神竟會向自己道歉，他憶起志帆之前說的話，不由得緊咬著牙根。

志帆大人，妳說對了，妳的兒子並沒有浪費，妳為祂贏得的機會。

「我們……才該為侍奉不周，深感抱歉。」

奈月彥費力地擠出這句話，跪拜在地。

山神，也是椿，對著他輕輕搖了搖頭。

「不，你們的侍奉很周全。感謝你們至今為止所做的一切。」

坐在奈月彥身旁的莫莫垂下耳朵，鼻子發出了「啾嗯」的聲音。

「再見了。」

椿對莫莫笑了笑，轉身走向年輕男子。

椿和消滅妖怪的英雄面對面，兩個人的身材幾乎完全一樣。只是臉上帶著淡漠笑容的椿已像是疲憊的老人，戴在身上的首飾看起來格外沉重。另一邊，面對山神的英雄身上除了大刀以外，沒有任何裝飾，年輕的活力讓他俊美得綻放光芒，渾身充滿新生力量。

山神沒有絲毫膽怯，祂淡然地交代臨終遺言。

「志帆就拜託你了。」

「你不說，我也會這麼做。」英雄點頭允諾。

椿露出釋然的微笑，安心地閉上雙眼。

「上！」英雄對大狗命令道。

大狗瞬間露出寂寞的眼神，下一剎那，立刻無情地露出尖牙，撲向山神。

終章　歸來

「午安，辛苦妳們了。」

聽到他的招呼聲，護理站內到處響起熱烈的回應聲。

「原來是谷村先生。」

「我帶了點心過來，不嫌棄的話請享用。」

「你每次都這麼客氣。」

「別這麼說，志帆現在可以說話嗎？」

「應該沒問題，她的狀況很不錯，也許很快就可以出院。」

「真的嗎？那真是太好了。」谷村笑著回答。

聚集過來的好幾名護理師，驀地愁容滿面。

「但是年輕女生燒傷這麼嚴重……」

「即使她的身體狀況很好，問題在於她的心。」
「她因為怕我們擔心，刻意表現得很有活力，我都快哭了。」
「而且聽說她舉目無親？」
谷村看到護理師面色凝重，露出快活的笑容。
「別擔心，志帆很堅強的。而且我和太太討論過，只要她願意，可先暫時住我們家。」
「啊！如果谷村先生願意收留她，那就太令人放心了。」
護理師都露出開朗的表情，接著谷村請她們協助說服志帆，她們全都欣然答應。
「那就一會兒再聊。」
谷村說完這句話，便走向病房。

「志帆，妳感覺怎麼樣？」
「谷村先生，你又來看我嗎？」
躺在病床上看電視的志帆緩緩坐起身，她的動作生硬，臉上仍有明顯的燒傷疤痕。
「妳躺著就好。」

「沒關係，今天的狀況很好。」志帆笑容滿面地說。

其實直到最近，她才終於有辦法和他人交談。

起初因為鼓膜破裂，志帆對別人說話的聲音完全沒有反應，而且喉嚨燒傷也無法說話，有很長一段時間無法與人對話。

雖然喉嚨和耳朵的狀況逐漸改善，但志帆依然不時陷入發呆。主治醫生說，很可能是因為遭到雷擊，導致腦部留下了後遺症。

「對了，聽說你代替舅舅，為我外婆舉辦了喪事。真的很謝謝你。」

護理師說得沒錯，志帆今天的確有辦法說話。

谷村為她恢復的情況感到高興，在病床旁的鐵管椅坐了下來。

「我是覺得在妳缺席的情況下舉辦，似乎有些不妥。對不起，擅自做了決定。」

「別這麼說，我一直很惦記這件事，所以你幫了大忙呢！」

「妳家的祖墳是在東京嗎？」

「我記得外婆的娘家好像是在這裡，但不是很清楚……」

「那我會負責調查這件事，即使找不到，也有我認識的寺院，可以埋在那裡。」

「不好意思，什麼事得都麻煩你。」

「不必放在心上。只是……妳接下來有什麼打算？」

「什麼意思？」志帆歪著頭，不解地反問。

「聽說，久乃婆婆生前為妳辦好了休學，但妳應該還是會回高中上課吧？」

「對喔！還有學校的事……明明還不到一年，卻覺得好像是遙遠的過去……」

志帆看向窗外，露出凝望遠方的眼神，臉上帶著尚未完全從夢中清醒的感覺。

谷村從她的表情中，感受到一絲危險。志帆大傷初癒，他原本打算很快就離開，現下又覺得不能不過問。

「志帆。」

「嗯？」

看到志帆露出虛幻的笑容，谷村的想法更加強烈，決定把打算以後再談的事說出來。

「我聽奈月彥說了山神和一百年前的巫女之間發生的事，但是，」谷村忽然改變了語氣，「我認為山神變成那樣，還有其他原因。」

「其他原因嗎？」

「對。最大的原因，就是說到底，我認為那個叫紗代的巫女和山神運氣都不好，他們只是被捲入了『那個』。」

「『那個』是什麼？」志帆困惑地歪著頭問。

「志帆，就是時代。」

所有神明的信仰，都源自於人類對無法改變的力量，以及對大自然的恐懼。隨著時代的發展進步，即使不需要憑藉山神的力量，稻作和農耕的收成也能逐漸穩定，因此全國各地對農耕神的信仰也越來越淡薄。

「除了農耕神以外，許多不符合時代潮流的神明，無法再得到人類的信仰，便逐漸失去身為神的名字。而且不幸的是，這座山的神使，是藉由人牲制度獲得力量而聞名的猿猴。」

逐漸失去民眾信仰的山神，在巨猿的影響下，成為想要人牲的邪神。不僅失去了村民的信仰，還讓大家心生恐懼。

「不過，所有關於人牲的傳說，都是過去的事。」

縱使已不符合時代，驅逐自己以前崇拜的神，人們難免會產生罪惡感，所以在接受符合時代趨勢的新神過程中，就需要有「**以前有一個很壞的神，幸虧後來出現一個好神，大**

家才能過著幸福快樂的日子」這樣的故事，將自己的行為正當化。

「當淪為吃人的妖怪後，就難逃被成為新神的英雄消滅的命運。」

志帆輕輕閉上了雙眼。

「所以椿已經……」志帆近乎氣音的低喃道。

「對不起，椿和巨猿都被懲治猿神的英雄消滅了。」谷村平靜地回答。

志帆可能已經隱約察覺到發生了什麼事，

「這樣啊……」她無力地咕噥著。

兩人陷入短暫的沉默後，谷村不得不繼續說下去。

「志帆，時代的潮流無法阻擋，會造成這樣的結果，並不是任何人的過錯，而是無可奈何的事。」

「是無可奈何的事嗎？」

志帆垂首盯著雙手瞧，木然地重複谷村的話。

谷村明確對她點了點頭。

「是的。原本只是以妖怪的身分遭到消滅，不過椿在最後的關頭，得到了救贖。」

「……救贖？」

「對，因為祂有了妳。」

志帆訝然地抬起頭。

「妳知道嗎？」谷村露出發自內心的微笑，語帶興奮地說：「妳讓已經變成妖怪的椿，找回了身為神的自我。」

這是很困難，也很了不起的事！

「從結果來看，或許已經為時已晚，但聽說椿的最後一程走得很出色。祂並不是以妖怪的身分遭到消滅，而是身為神明，自己宣告了結束。」谷村凝視著志帆的杏眼，柔聲道：「椿很感謝妳，而且一定很希望妳回到人類世界得到幸福。」

志帆不發一語，默默地看著谷村。

「無論是椿，還是妳的外婆，所有愛妳的人都如此希望，每個人都期望妳能得到幸福。所以請妳回到人界後，不要有任何牽掛。」

「谷村先生……」

志帆的雙眼好像如夢初醒般清澈無比。

「不必擔心學費或是生活費之類的事，妳因為我們的關係吃了這麼多苦，希望妳願意接受我們的援助。」

舅舅是志帆目前唯一的親人，然則他在可以自由活動後，立刻轉去其他醫院。谷村認為應該向他要一筆錢，只是志帆似乎並無此打算。

山神的落雷沒有造成任何人死亡。村民舉行殘酷的人牲儀式，卻沒有受到任何懲罰似乎不太合理，不過他們的房子都被燒毀，聽說幾乎所有人都決定離開山內村，將土地出售。如此一來，就無法再維持山上的祭祀。

這的確已經不符合目前的時代，只不過大天狗想到這座山和八咫烏之後的情況，心情還是忍不住有點鬱悶。

儘管動機並非遷怒於人，谷村還是計畫透過天狗的關係，向志帆的舅舅和其他村民索討金錢。那些村民成立的公司，沒有山神庇護就會倒閉，有的是辦法能達到目的。

「我不能這麼依賴你。」

「妳不依賴我，我就傷腦筋了，請完全不必擔心以後的事。」

「……對不起，谷村先生，讓我考慮一下。」志帆露出有些為難的苦笑。

「那當然，妳慢慢考慮，先休息一下吧！」谷村說完，站了起來，語氣逗趣地問：「我去一下商店，妳有沒有想吃什麼？不管想吃什麼都沒問題，我請妳一頓大餐。」

志帆聽著他搞笑的語氣，輕笑出聲。

「謝謝你，我一直想吃橘子果凍。」

「妳不好意思請護理師買吧？我幫妳買回來。」

「對不起，讓你特地跑一趟，麻煩你了。」

谷村一走出病房，立刻吁了一口氣。剛才向志帆說明的情況，並非百分之百真實，然則對即將回到人類世界的她來說，這並非重要的問題。

為了讓志帆變回平凡人，只要她能接受我的說法就夠了。

「讓妳久等了。」

谷村去商店買完東西，回到病房時，錯愕得說不出話來。

映照著天空一片雲朵的白色窗戶微微敞開，吹進來的微風將窗簾輕輕捲起。

窗邊的病床上，已不見志帆的身影。

「小姐，沒問題嗎？」計程車司機關心地問道。

志帆正翻著皮夾找錢，那是作為外婆的遺物交到她手上的東西。

「天氣預報說，等一下會下雪，要不要我送妳到家門口？」

即使志帆用連帽T的帽子遮住燒傷的痕跡，司機似乎還是察覺到她並非健康的狀態。

志帆用零錢付了車費後，露出爽朗的笑容。

「沒事的，我家就在前面，謝謝你的關心。」

「是嗎？那妳要小心。」

她輕輕揮了揮手，目送計程車遠去後，緩緩轉過身。

和黃金週第一次造訪時相比，村莊完全變了個樣。之前灌溉許多水的農田，在稻子收割前就被燒光，如今只剩下一片焦黑。路旁的豪宅都變成斷垣殘壁，走過這些房子時，仍然可以聞到焦味。

燒毀的村莊空無一人。

下計程車的地方到目的地是一直線，志帆一步一步小心翼翼地走在廢墟之間的路上，避免不慎跌倒。雖然到處都被燒毀，但通往小島的橋依然完好無缺。

她步履維艱地慢慢走過橋，終於來到和村莊的房舍一樣被燒焦的神社前。

她用力深吸了一口氣後，對著空氣大聲呼喚。

「你在吧？……我知道你在，出來吧！」

話音剛落，就聽到一個聲音。

「妳的身體變成這樣，竟然還可以到來這裡。」

回頭一看，一個年輕人滿臉訝異地站在那裡，一頭銀白頭髮下是象牙色的皮膚，兩道濃密劍眉配著一雙好勝的黑眸。

即便稍微長大了一些，志帆絕對不可能認錯——那是她發自內心疼愛的兒子，也是悉心照顧的椿，正毫髮無損地站在那裡。

然而，志帆不動聲色。

雖然的確是椿的身體，但眼眸深處明顯和以前不同。

「志帆，對不起。」年輕人露出同情的眼神注視著志帆。「我殺了妳心愛的兒子。」

志帆靜靜地凝望著年輕人。

他以前充滿苦惱、宛如黑暗空洞的眼眸，如今出現了金色火焰般的光芒。

「你……就是殺了椿的英雄嗎？」

「對，沒錯！妳口中那個叫椿的男人的自我，把山神的軀體交給了我。」

在他點頭時，不知從哪裡出現了一頭龐大的野獸，牠看起來有點像巨大的狗，但鬃毛髮曲的身影，並不是普通的狗可以類比的。

彷若獅子的野獸，用碩大的鼻壓在山神向牠伸出的手上。年輕人撫摸牠的頭，凝睇著默默不語的志帆。

「那傢伙無法變回神，卻也沒有選擇逃避，反而是為自己的所作所為負責。」年輕人大模大樣地說：「妳可以為自己的兒子感到自豪。」

那傢伙也一定很感謝妳。

「祂之前變成了無可救藥的妖怪，多虧了妳，最後才能以神的身分了斷一切。」

妳辛苦了。

年輕人的態度突然變得落落大方。

「山神已順利完成交接，所以，」他略頓，露出爽朗的笑，「妳自由了！」

志帆再也忍不住垂下頭，年輕人瞧見她顫抖的肩膀，以為她在哭泣。

「我能夠理解妳難以接受，但已無能為力了。」他語帶關心地勸說。

妳可以平靜地回去自己的世界。

然而，事情並非如此。

「那可不行。」

「什麼？」

新山神聞言，錯愕地清眸微瞠。

只見志帆緩緩抬起頭——志帆在笑。

「大天狗說的話都不是真的，因為我知道，你並不是來自其他地方的英雄。」

「妳……」新山神驚愕地結結巴巴。

志帆露出熠熠生輝的燦笑。

「椿，我回來了。」

我按照約定回來了。

新山神聽到志帆用這個名字叫祂時，臉上的表情太值得一看。

「妳在說……什麼莫名其妙的話……？」

「想騙我可沒這麼容易。」

志帆開心地呵呵笑了起來。

「你以為可以騙過母親的眼睛嗎？你就是我的兒子，椿啊！」志帆頑皮地笑著說：「從一開始就是這樣，我早就知道了。」

新山神頓時呆若木雞。

「你還不承認嗎？」

「沒，沒什麼承不承認的……我才不是椿呢！」

「唉唷！難不成你自己也不知道？」

山神緊皺著眉頭，頓口無言。

「那好吧！讓我來告訴你。」志帆說完，嫣然一笑，溫聲道：「椿之前曾經說過，祂缺少了一些什麼。不過，祂缺失的並不是我，而是你。」

椿的脾氣暴躁事出有因。

「因為祂就是荒魂，祂所缺乏的是和魂，而你就是椿的和魂。」
從前，山上的大岩石和清泉，是這片土地的信仰中心，湖中的神社只具備祭拜的功能。然而，村民經常去可以輕鬆前往的湖中神社參拜，久而久之，神社便成為信仰的中心。
「和魂隨時都在湖中的神社內，只有荒魂在湖泊和山上之間來來去去。」
每年五月舉行的那個儀式，原本是為了祭祀神的復活和重生。
荒魂在荒山的岩石上舉行更新神威的儀式，下山後被恭迎至湖中的神社，與和魂合體，更新神力。秋天時，只有荒魂回到山上，半年後，再重複相同的事。
從某種意義上來說，那是分開的御靈整合為一的儀式。
「只是椿忘記了儀式的意義，一直留在山上。你無法再從荒魂身上得到新的力量，於是越來越虛弱。」
隨著歲月流逝，荒魂變成食人惡神，甚至以扭曲的方式獲得力量。身為和魂的祂，越來越著急，祂必須想辦法阻止失控的另外一半。
「你之所以每次都在龍沼附近現身，是因為你無法離開小島上的正殿。也由於你一直都待在那裡，才會知道紗代發生什麼事。」

只不過，祂沒有軀體，只能束手無策。祂需要一個「失去名字之神的和魂」以外的名字，才能夠離開小島上的神社，消滅荒魂。

「因此，必須先有人承認你是消滅食人神的英雄，你便利用了大天狗他們。」

如此才能讓別人認知到，祂是祛除妖怪的英雄。

山神默默聽著志帆的陳述，臉色漸漸蒼白。

沒錯，祂一定感到驚詫。

如果眼前這個人是被迫成為人牲的少女，絕不可能說出這些話。

「妳，妳到底是誰？」山神提心吊膽地問。

「你怎麼會問我是誰，真是太不敬了。我是你的玉依姬啊！」志帆苦笑著嬌嗔道。

「妳……我知道了，原來是妳！」山神微愣了一下，隨即露出戒懼的表情大吼：「原來妳就是操控志帆，上演這齣鬧劇的罪魁禍首！」

帶有記憶的自我，更換肉身後繼續生存，並非只有山神或是八咫烏才能做到這件事。

「唉唷！竟然說是鬧劇，真是太沒禮貌了。」

「開什麼玩笑！妳到底是從何時開始附身在志帆身上的？志帆第一次逃亡時，若妳沒有搗亂，她應該就會馬上向我求助。」

趕快讓志帆自由！

面對情緒激動的山神，眼前的玉依姬依然笑容滿臉。

山神看到她不為所動的態度，感到有點毛骨悚然。

「怎麼回事？妳在笑什麼？」

「因為我很高興。」

「啊？」

「因為你一直希望志帆能得到幸福，希望她回到人類世界，不是嗎？」

這樣的你，真的非常溫柔體貼，我實在太高興了。

山神倏忽感到全身無力。

「喂……」

「椿，我這樣說，不知道你是否能夠接受？」

玉依姬邁開輕盈的步伐接近山神，完全感受不到她有任何燒傷的後遺症。

「我並沒有遭到操控。至今為止，從今以後，我始終都是志帆。」

山神用彷彿看到妖怪的眼神，望著逐步逼近的少女。

「妳在說什麼……？」

「志帆在成為這座山的巫女時，的確接收到一些記憶。」少女動作誇張地歎息道：「就這點來看，其他女孩也都一樣。」

自己是山神的人，希望新來的巫女也能夠完成身為玉依姬的使命，才會盡自己最大的努力，以做夢的方式持續干涉她們。

「然而，接下來要如何思考、如何選擇，我都交給她們自己的意志決定。」

志帆當然也是一樣。

玉依姬，也是志帆，目不轉睛地注視著山神，乍然調皮地笑了起來。

「結果你呢？竟然認為我一直被人操控。」她神氣地抱著雙臂，佯怒道：「可以請你不要這麼小看我，好嗎？」

山神嚇得張口結舌，好一陣子發不出聲音。

「妳……該不會是志帆？」

「我不是一開始就說了嗎？」

「這，這怎麼可能？既然這樣……為何妳會具備玉依姬的自我？」
山神語無倫次了起來。
志帆見狀，似乎覺得十分有趣，不禁揚起了嘴角。
「玉依姬要成為玉依姬，並不需要特別的出身。這一點，與你並不相同。」
「那需要什麼？」山神緊張地嚥了嚥口水。
「很簡單啊！只要愛著神，而且知道神也愛著自己，這就夠了。」
志帆看到山神無措地眨著眼睛，不禁放聲大笑。
「其實任何人都可以成為玉依姬，在這座山上死去的許多可憐女生，應該也有成為玉依姬的可能。」
之所以無法成為玉依姬，只是因為她們沒有做出這樣的選擇。
「你似乎誤會了。」志帆笑容可掬地說：「我一直都很自由，第一次逃離神域的那天晚上和現在，我都是依照自己的意志返回這裡。」
「原來如此……」山神猛然大悟，身體輕晃了一下，嘴裡喃喃自語。「志帆，妳從很久以前……就選擇要成為玉依姬……」

這時，一身蓬鬆狗毛的巨犬來到志帆身旁，與山神的獅子不同，牠額頭上長了圓角。

原來牠已經長這麼大了。志帆感到開心不已，久違地摸著莫莫的頭。

「這是我自己的選擇，無怨無悔。」

山神默不作聲。

「你不要再逃避了，趕快承認，你現在仍舊是椿吧！」

志帆閃著精光的眼眸，堅定地注視著祂。

「我嗎？」山神低啞地反問。

「對啊！你只是沒有意識到自己是椿。」

「我，我是椿？」

不可能！山神無聲地反駁。

「妳說得沒錯，我確實沒有以前的記憶，但是反過來說，這代表我並不是某個神，而是一個全新的神。」

「即使你是全新的神，你仍然是椿啊！你愛著玉依姬，是愛著志帆的神明。」

志帆回答得理所當然。

山神像是忍受頭痛般地揉著太陽穴。

「……所以妳堅定地認為我是椿，我就是椿嗎？」

「對啊！你說對了。」

「妳未免也太蠻橫了……」

「你有什麼意見嗎？」

「真是的。」祂無奈地歎息道：「我只能對母親大人投降。」

「因為，我是你的玉依姬啊！」

志帆抬起頭時，山神的臉已變成志帆取名為「椿」的御子神。

「母親大人，對不起！」

玉依姬看到椿臉上懊悔的表情，感到於心不忍。

「請你不要道歉，這是我做出的選擇。」

玉依姬再度重申，緊緊地抱住了椿。

被她擁入懷中的椿一臉泫然欲泣的模樣。

「即使這樣，我依然希望妳能得到幸福……結果妳卻為了我放棄了一切。」

「別說傻話了，我才不是為了你，我所做的一切都是為了自己。」玉依姬嚴厲地說完，輕輕地把臉頰靠在椿的肩膀上。「別人經常說志帆是濫好人，行為很不合理。然而，她無論做任何事，其實都是以自己為考量，而且也用自己的方式進行合理思考。只不過，她的合理性和別人不太一樣。」

只要自己做的事能夠為別人帶來幸福，志帆就會感到快樂。無論在旁人眼中，這種行為多麼愚蠢，或是成為他人口中的傻瓜，志帆都對這樣的自己感到滿足。

「……就算無法以凡人的身分過一生，也無所謂嗎？」

「這有什麼問題嗎？」玉依姬快活地大笑起來。「或許志帆的選擇並非『普通的幸福』，但對志帆而言的幸福，只有她自己知道。」

玉依姬斂起笑容，露出志帆的表情。

「……外婆、爸爸和媽媽也許會因為，我得不到『普通的幸福』而感到難過。不過對我來說，所謂的『幸福』，並非他們所認為的。」

雖然無法讓他們還在世時，好好瞭解自己，不過志帆清楚明白，他們是發自內心渴望自己能快樂。

「因此，只要能夠讓他們瞭解，這就是我要的，我相信他們一定會接受。」
志帆驀然笑得前仰後合。
「這哪裡是濫好人呢？根本就是個不孝順的任性女兒。」
正因為志帆是這種個性，才能夠成為玉依姬。
「椿，我喜歡你，即使只剩下我們兩個人，我也希望能夠和你在一起。這不是為了別人，而是為了我自己。」
這就是我莫大的幸福，你呢？
玉依姬傾著頭，看著不發一語的椿。
「我、我，只要有妳，我也很幸福。」
「嗯！」
「志帆，謝謝妳。」
「嗯！」
她撫摸著椿冰涼的後背，抬頭望向天空，空氣十分寒冷，因為下雪了。
「現在已沒人會再舉行儀式，這座山恐怕會在『志帆』和『椿』這一代就畫下句點。」

聽見椿怔怔說話的聲音，她覷向他的臉。

「你會心有不捨嗎？」

「不會。」椿搖了搖頭，毫不猶豫地說：「該結束就結束吧！雖然繞了點遠路，但現在終於知道，這是我們促成的結果。只不過，最後能遇見妳，真是萬幸。」

「這樣啊！」

椿望向莊嚴聳立在白雲中的荒山。

「只不過，很對不起那些女人、烏鴉和猿猴……」祂輕聲嘀咕著。

玉依姬沉默不語，輕輕握緊山神的手。

此時，天空驀然撥雲見日，雲間灑落的陽光，為薄霧繚繞的山灑上一片純銀。

「椿，我們走吧！」

「好。」

回去我們的山上。

椿和志帆牽起手，帶著兩頭巨獸，緩緩走向宛如珍珠般散發微光的荒山。

****

玉依日賣，於石川瀨見小川遊爲時，丹塗箭自川上流下。

乃取之插置床邊，遂孕生男子。

至成人時，外祖父建角身命造八尋屋，堅八戶扉，釀八腹酒而神集，集而七日七夜樂遊，然與子語，言「汝父將思人，令飲此酒」。

即舉酒杯向天爲祭，分穿屋甍，而升於天。

乃因取外祖父之名，號可茂別雷命。

摘自《釋日本紀》風土記逸文

玉依姬【八咫烏系列・卷五】

作　　者　阿部智里 Chisato Abe
譯　　者　王蘊潔
發 行 人　林隆奮 Frank Lin
社　　長　蘇國林 Green Su

出版團隊

總 編 輯　葉怡慧 Carol Yeh
日文主編　許世璇 Kylie Hsu
企劃編輯　許世璇 Kylie Hsu
責任行銷　朱韻淑 Vina Ju
封面設計　許晉維 Jin Wei Hsu
版面構成　張語辰 Chang Chen

行銷統籌

業務處長　吳宗庭 Tim Wu
業務主任　蘇倍生 Benson Su
業務專員　鍾依娟 Irina Chung
業務秘書　陳曉琪 Angel Chen
　　　　　莊皓雯 Gia Chuang

發行公司　精誠資訊股份有限公司
　　　　　悅知文化
　　　　　105台北市松山區復興北路99號12樓
訂購專線　(02) 2719-8811
訂購傳真　(02) 2719-7980
專屬網址　http : //www.delightpress.com.tw
悅知客服　cs@delightpress.com.tw
ISBN : 978-986-510-224-1
建議售價　新台幣360元
首版一刷　2022年10月

國家圖書館出版品預行編目資料

玉依姬 / 阿部智里Chisato Ab 著；王蘊潔譯. -- 初版. -- 臺北市：精誠資訊, 2022.10
面；　公分
ISBN 978-986-510-224-1（平裝）
861.57　　111008375

建議分類｜文學小說・翻譯文學

※書封插畫設計：名司生 Natsuki

本書若有缺頁、破損或裝訂錯誤，
請寄回更換
Printed in Taiwan